ループ中の虐げられ令嬢だった私、今世は最強聖女なうえに溺愛モードみたいです

一分　咲

23141

角川ビーンズ文庫

CONTENTS

CHARACTERS
トラヴィス・
ラーシュ・ガーランド
一度目の人生でセレスティアの
友人だった王弟殿下。
セレスティア・
シンシア・スコールズ
人生五回目の子爵令嬢。
『啓示の儀』で聖女に選ばれる。
ループ中の
虐げられ令嬢だった私、
今世は最強聖女なうえに
溺愛モードみたいです

バージル

セレスティアの護衛神官候補。
お洒落に目がない美形男子。
意外と面倒見がいい。

シンディー

セレスティアの護衛神官候補。
回復魔法が使える
クールビューティ。

エイドリアン

セレスティアの護衛神官候補。
頭の回転が速く非常に理知的。

ノア

セレスティアの護衛神官候補。
裕福な商家出身だったが――？

クリスティーナ・セレーネ・スコールズ

セレスティアの異母妹。
様々な手を使ってセレスティアをいじめている。

マーティン・バリー・ヘンダーソン

ヘンダーソン伯爵家子息。
セレスティアからクリスティーナに乗り換えた最低男。

本文イラスト／woonak

プロローグ

「セレスティア・シンシア・スコールズ！　僕は君との婚約《こんやく》を破棄《はき》する！」

「マーティン様。……理由をお聞かせください」

「この期《ご》に及《およ》んでまだしらを切るつもりか！　僕は真実の愛を見つけたんだ。母親違《ちが》いの妹をいじめ抜《ぬ》くなど言語道断だ！」

ここは、煌《きら》びやかな夜会が開かれる王城の大広間。

たった今、婚約破棄を告げてきた私の婚約者・マーティン様の後ろには肩《かた》を震《ふる》わせて涙《なみだ》を堪《こら》える異母妹《いぼまい》・クリスティーナの姿がある。

——そして、にやり、と笑うのが見えた。気がついたのはきっと私だけだった。


意識を浮上《ふじょう》させて、目を開けた。

視界が白い。今朝はお天気がいいらしい。でもすごく寒い。

私はぶるりと震え、ブランケットを身体《からだ》に巻き付けたまま簡素な造りのベッドから下りる。そして、薄《うす》すぎて遮光《しゃこう》にも断熱にも何の役にも立っていないカーテンを開けた。

「おかしな夢を見てしまったわ。私の婚約者はたしかにヘンダーソン伯爵家《はくしゃくけ》の跡継《あとつ》ぎ・マーティン様だけれど」

昨夜の夢はひどかった。夜会というこの上なく公的な場で、お慕《した》いしている婚約者から婚約破棄を宣言されるなんて。

けれど、自分の境遇《きょうぐう》を思えば決してありえない話でもないのが悲しい。

「マーティン様は私よりも妹のクリスティーナのほうを気にかけていらっしゃるのよね。この前三人でお茶をしたときも、私のことは完全に眼中にない様子だったわ」

呟《つぶや》きながら、部屋の隅《すみ》の箱を開ける。そこには二着のドレスのようなものが入っていた。

一着は汚《よご》れとほつれが目立ち、元が何色だったのかわからない質素というにはあまりにぼろぼろのワンピース。もう一着は、薄い水色の夏用のドレス。

「今日、着るのは間違《まちが》いなくこちらね」

薄い水色のドレスを広げると、窓の外に視線をやる。雪が積もっていた。寒すぎる。

「セレスティアお姉さま？　……うわあ、寒い！　暖炉《だんろ》に火を入れていないの？」

そこに顔を出したのは、ちょうどさっき夢に出てきたばかりの異母妹・クリスティーナだった。ヒラヒラの華《はな》やかなドレスに毛皮をまとい、とても暖かそうにしている。

うらやましい、そう思った瞬間《しゅんかん》に、ずいとレモンイエローのドレスと肌触《はだざわ》りのいいコートを渡《わた》された。

「セレスティアお姉さま。今日はこちらのドレスを着てね？　神殿《しんでん》に行くのにいつもの格好では、私が恥《はじ》をかいてしまうわ！」

「……ありがとうございます」

神殿に赴《おもむ》くときだけではなく、普段《ふだん》から暖かい服を貸してほしい。そう思いかけたけれど、慌《あわ》てて思考を押し込めた。不満を持ち、期待する分だけ自分が苦しくなる。

この部屋には暖炉がある。けれど、使うことを許されている薪《まき》はごくわずか。夜間に凍《とう》死《し》するのを防ぐためには、朝や日中は使えない。

ドレスも私に与《あた》えられるものはほとんどない。母方の祖父母が生きていた頃《ころ》に買ってもらったものは全部、目の前の異母妹に理由をつけて持っていかれてしまった。

ちなみに、最近は家庭教師の先生が私を訪《おとず》れることもない。両親が恥をかかないほどのマナーを身につけたら、とんと来なくなってしまった。

物心がついたころからこんな暮らしをしているので、私には反論する気力までない。

残念の始まりは、十五年前まで遡《さかのぼ》る。

私、セレスティア・シンシア・スコールルズは、ルーティニア王国の王都・マノンにあるスコールルズ子爵《ししゃく》家に生まれた。

元々身体が弱かったお母様は、私を産んですぐに息を引き取ってしまった。

それとほぼ同時期に使用人の女性が子どもを産んだらしい。その使用人というのが異母妹・クリスティーナの母だった。

子どもの父親はまさかというか案の定というかお父様で。結構ひどい話だと思う。

その結果、住み込みで働いていた継母《ままはは》は使用人からスコールズ子爵夫人へと成り上がり、前妻の子どもだった私は疎《うと》まれて別棟《べつむね》で乳母《うば》に育てられることになった。

部屋が寒いと言いつつ一向に出ていく気配のないクリスティーナの隣《となり》で、私はやせっぽちでがりがりの手足を晒《さら》し、自分で着替《きが》える。

そんな私を横目に、クリスティーナはひらりとハンカチを取り出して掲《かか》げた。

「ねえ、セレスティアお姉さま見て？　またお父様とお母様に褒《ほ》められちゃった。こんなに綺麗《きれい》な刺繍《ししゅう》ができる子はいないって」

「……よかったですね。図案を一生懸命《いっしょうけんめい》お考えになっていましたから」

「また私の代わりに働いてくれる？　あ、でも、お姉さまが刺繍したっていうのは内緒《ないしょ》にしてね？　そうしたら私もこっそりお菓子《かし》を恵《めぐ》んであげる。お腹《なか》がすいているでしょう？」

「……はい」

私に与えられる食事はパン一切れと具のないスープだけ。それがこの別棟に運ばれる。

クリスティーナのために刺繍をすることぐらい、食べ物が貰《もら》えると思えば造作もなかった。

鏡に映る自分の姿を確認《かくにん》する。久しぶりのドレス姿に勇気づけられて、私は口を開いた。

「あの。このドレスには、あのネックレスが合うと思うのです。そろそろ返していただけませんか」

「……え？　嫌《いや》よ。お父様だって『セレスティア、ネックレスぐらい貸してあげなさい』と仰《おっしゃ》っていたでしょう？」

「そんな……」

クリスティーナにお母様の形見のネックレスを取り上げられてもう何年になるだろう。どんなに頼《たの》み込んでも返してくれなくて、私はもう諦《あきら》めの境地にいる。

けれど、彼女がたまに身につけているところを見ると、売り払《はら》ってはいないらしい。顔も覚えていないお母様。その形見がどこか手の届かないところにいかないよう、私はクリスティーナに従うようになった。

「それにしても、セレスティアお姉さまは普段からもっときちんとした格好をするべきだわ。だって、私たちはもう十五歳で、今日は神殿に啓示《けいじ》を受けに行くのよ？　お父様もお母様も、私にはたくさんドレスを買ってくれるから……身体はひとつしかないのにね？あ、今度、お姉さまにもドレスを作れるかどうか聞いてみるわ！　いつもそのボロのドレスで本当にかわいそうだもの」

「……」

「そうだわ。あとね、さっきお父様とお母様にあなたがこの世界で一番大切だって言われちゃったの。この家には、私だけじゃなくてお姉さまもいらっしゃるのにね？　そんなことも忘れてるなんて、面白《おもしろ》くて笑っちゃうと思わない？」

「…………」

さっき？

「……お父様は領地からこの王都の家にお戻《もど》りなのですか」

「ええ、私のお父様は昨夜領地から戻ったの！」

この家で両親の愛を一身に受ける異母妹は『私の』を強調してからにっこりと笑う。

普段、領地で暮らすお父様とは半年に一度ぐらいしか会えない関係で。

私と、継母やクリスティーナの間に距離《きょり》があることを、お父様はご存じだ。けれど、ここまで深刻なものとは思っていない。

私が一人で別棟にいるのも、死んだ母親を思ってのことと本気で信じているらしい。

本当のことを話してみたい、と思ったこともある。けれど、クリスティーナに取り上げられたネックレスが頭に浮《う》かんでできなかった。

古びた姿見に映る私は、落ち着いたストロベリーブロンドに深いルビー色の瞳《ひとみ》をしている。華奢《きゃしゃ》な体軀《たいく》まで含めて、どれもお母様譲《ゆず》りの外見らしい。

かつて、古参の侍女《じじょ》・ルーシーはよくお母様の話をしてくれた。

『この世のものとは思えないほどの、儚《はかな》げな美しさのお方でした。セレスティアお嬢様《じょうさま》はお母上によく似ておいでです。だからこそ、奥様は冷たく当たるのでしょう』

──そのルーシーも、今はもう屋敷《やしき》にいない。

支度《したく》を終えた私はクリスティーナに続いて母屋《おもや》へと渡る。

今日は神殿で『啓示の儀《ぎ》』を受ける日。聖女や神官など、神に仕える特別な職業への適性がないかを調べるのだ。

「何だか、今日はいいことが起こる気がするの。まぁ、お姉さまには無縁《むえん》な話かもしれないけれどね。世の中には、恵まれた星のもとに生まれる人間がいるのよ？」

「……」

自信たっぷりのクリスティーナが眩《まぶ》しい。彼女が恵まれた星のもとに生まれたのなら、私はその光すらも届かない暗い場所に転がる石のようなものだろう。

重い足取りで廊下《ろうか》を歩き、ロビーに差し掛《か》かる瞬間、嫌な気配がした。

──ガシャン。

「キャーッ」

何が起きたのかわからなかった。

ホールに響《ひび》き渡るガラスが割れる音。鼓膜《こまく》をつんざくようなクリスティーナの悲鳴。

私は使用人に庇《かば》われ突《つ》き飛ばされ、いつの間にかしりもちをついていた。

どうやら足元にシャンデリアが落ちてきたらしい。

「お怪我《けが》は」

めったに話しかけてこない使用人たちもさすがに緊急《きんきゅう》事態と判断したのだろう。久しぶりの会話に、震《ふる》える唇《くちびる》を動かそうとしたとき。

――頭の中にいろいろな映像が流れ込んできた。

お父様が強盗《ごうとう》に襲《おそ》われる婚約破棄《こんやくはき》留学ベリーソース未来の予知瑠璃《るり》色奇襲《きしゅう》勇者って誰何《だれなに》聖女黒竜《こくりゅう》退治での一閃彗星《いっせんすいせい》病異母《いぼ》妹《まい》達に突き落とされる勇者と聖女に盾《たて》にされて死ぬ回復魔法《まほう》を使いすぎた後放置されて死ぬ好きだった人に投げ捨てられて死んだ。

「あ、私が今送っているのって、五回目の人生だったわ」

そうだ、私は人生をループし続けている。

記憶《きおく》を取り戻すのは毎回決まって十五歳のこの日。雪が降った朝、クリスティーナに借りたレモンイエローのドレスとコートを着て、シャンデリアが落下した瞬間《しゅんかん》。

五回目ともなれば混乱することはない。あっさりとすとんと、胸に落ちた。

第一章 ⁂ 人生五回目の聖女

私の脳裏《のうり》には、四回目の人生の記憶がまだ鮮明《せんめい》に残っている。手の震えが治まらないけれど、今すぐにすべきことが別にあった。

私は立ち尽《つ》くすクリスティーナをひと睨《にら》みしてから声を張り上げる。

「お父様！」

「今の音は何だ？　……セレスティア、何かあったのか」

今日は私とクリスティーナ、二人の啓示をまとめて受けるために家族揃《そろ》って神殿《しんでん》へと向から予定だった。お父様は支度が済んでちょうどこのロビーへやってきたところらしい。

「お父様、お久しぶりです。再会したばかりですが、お願いが！　……今日はお父様と同じ馬車に乗せてくださいませんか」

私の申し出にクリスティーナは愛らしい顔を顰《しか》めた。

「セレスティアお姉さま、何を仰るのですか。お父様と同じ馬車だなんて……そこはお母様の場所です」

「久しぶりにお会いできたんですもの。昨夜の晩餐《ばんさん》には呼ばれなかったもので……ゆっくりお父様とお話ししたいですわ」

「！」

クリスティーナが怯《ひる》んだ隙《すき》をついて、私はお父様より先に馬車へと乗り込む。

昨夜、お父様が戻っているのに継母《ままはは》と異母妹が知らせてくれなかったのは間違《まちが》いなくわざとだ。つい数分前までの私なら悲しい顔をして終わっていたけれど、今は文句のひとつも言いたくなる。

でも、私がお父様と同じ馬車に乗りたいのは継母と異母妹の振《ふ》る舞《ま》いを告げ口したいからではない。今日はとても重要な分岐《ぶんき》の日なのだ。

この日。神殿へと向かう馬車でお父様は強盗に襲われて命を落とす。

その結果、最初の人生の私は無一文でスコールズ子爵《ししゃく》家を放《ほう》り出された。『先見の聖女』と啓示を受けたので私自体は困らなかったけれど、領民は飢《う》えた。

二度目の人生、ループしているという状況《じょうきょう》が受け入れられないうちに同じことが起きた。やっぱり領民は飢えた。

三度目の人生、クリスティーナといざこざを起こし、私への継母からの平手打ちと引き換《か》えに何とか馬車の出発を遅《おく》らせることに成功した。

お父様が乗った馬車は強盗に襲われなかったけれど、代わりに同時刻・同じ場所で別の馬車が襲われた。それに乗っていたのは、私が知っている人の大切な人だった。

四度目の人生、馬車に護衛をつけさせた。お父様も迷っていたところだったから対策自体はスムーズだった。

けれど、この時に護衛を見て馬車を襲わなかった強盗たちが大悪党に成長を遂《と》げ、数年後に銀行を襲いたくさんの人が犠牲《ぎせい》になるという大惨事《だいさんじ》につながった。

私をこんな状況に置いておくお父様には言いたいことが山のようにあるけれど、領地で暮らす人々のことを思うと救わないわけにはいかない。

そう考えているうちに、馬車はゆっくり走り出した。


「セレスティア、昨日、帰宅の出迎《でむか》えと夕食に来なかったのは体調が悪いからと聞いていたが……もう大丈夫《だいじょうぶ》なのか」

「はい、お父様。そもそも体調は悪くないのです」

「それならよいが……セレスティアはいつまで別棟《べつむね》で暮らすのだ。まあ、マーシャが侍女をつけ、たえず暖炉《だんろ》に火を燃やし食事を運んでいると言っていたが……マーシャやクリスティーナと距離を置きたい気持ちはわかるが、母親にあまり手間をかけさせてはいけないよ」

清々《すがすが》しいほど、見事に全部嘘《うそ》。これをすんなり信じているお父様って馬鹿《ばか》なのかな。

マーシャ、と愛《いと》し気に呼ばれた継母の顔を思い出し、私は生温《なまぬる》い笑《え》みを浮かべた。

その間に馬車は街中へと入っていく。この人生では久しぶりに見る賑《にぎ》やかな街の光景。

午前中から賑わうベーカリーにカフェ。行き交《か》う人々。

昨夜積もった雪が溶《と》けた石畳《いしだたみ》の道を、馬車はカラカラと進む。

そろそろだ、と思った瞬間、ガクンという大きな振動《しんどう》に私とお父様は前のめりになった。

「だ、誰《だれ》か！　誰か！！！」

急に外が騒《さわ》がしくなった気配がして、御者《ぎょしゃ》の狼狽《ろうばい》する声が聞こえる。

「何だ。一体何が起きた」

馬車から出て状況を確認《かくにん》しようとするお父様の手を、私は握《にぎ》って止めた。

「お父様。ここから出てはなりませんわ」

「しかし」

これは狙《ねら》った通りのことだ。焦《あせ》る必要はない。

《防御《プロテクション》》、《反射《リフレクション》》。

小声で唱えると、馬車の周囲に光が湧《わ》きあがった気配がする。内部にも真っ白な光が入り込むけれど、いまは明るい午前中。お父様は気がついていない様子だ。

今日、私がこれから神殿で受けることになる『啓示《けいじ》の儀』。私は過去四回の人生すべてで『聖女』になった。

聖女にもいくつかの種類があるけれど、二度目の人生のときは『戦いの聖女』だった。

実際に黒竜討伐《こくりゅうとうばつ》の現場にも派遣《はけん》されたし、心得はある。

「お父様……強盗です！　馬車に飛び乗ろうとしています」

「セレスティア。カーテンを開けてはいけない。お父様の近くへ」

カーテンの隙間《すきま》から、強盗たちが馬車に飛び乗ろうとしてはね返されているのが見えたのは言わないでおく。防御魔法《ぼうぎょまほう》に重ねて、反射魔法もかけたのだから当然だった。

それから十数秒。

馬車の揺《ゆ》れが収まったのを感じて、そろそろ強盗は諦《あきら》めたかな、と思った私は二つの魔法を解いた。お父様も同じことを思ったようで、私を抱《だ》きしめていた手をほどく。

「何と恐《おそ》ろしい……。セレスティアはここにいなさい。私が様子を見てくる」

「待ってください。ここは街中ですから、すぐに警察が来ますわ。もう少し」

言い終えないうちにお父様がドアに手をかけてしまった。

がちゃり、と馬車の扉《とびら》が開いた瞬間だった。

「うわあああ！」

「お父様！」

お父様が馬車の外に引きずり出される。ほとんどの強盗は石畳の上に伸《の》びているけれど、一人だけ無事だった者がいたらしい。

「おまえ！　上玉だな、こっちへ来い！」

「！」

攻撃《こうげき》魔法を使おうか躊躇《ためら》った瞬間《しゅんかん》に、強盗《ごうとう》の手が開けっぱなしの扉から私に届く。

あ、どうしよう。そう思ったときだった。

横から伸びてきた手が、目の前の強盗の髭面《ひげづら》を殴《なぐ》った。ばきっ、と音を立ててその顔はへにゃりと曲がった。

「え」

素手《すで》。武装した相手に、素手って。

倒《たお》れ落ちて行った髭面の代わりに現れたのは、高貴な雰囲気《ふんいき》を漂《ただよ》わせた青年だった。アッシュブロンドの髪《かみ》は薄《うす》めの茶色に見えるけれど、太陽を受けた部分は銀色に輝《かがや》く。

吸い込まれそうに深い、瑠璃色《るりいろ》の瞳《ひとみ》。彼が私から目を逸《そ》らして強盗が伸びたのを確認した、そのたった数秒間のまぶたの動きに愁《うれ》いがあって、どきりとする。

「……！」

「馬車が襲《おそ》われたみたいだが……大丈夫か？」

驚《おどろ》きすぎて声が発せない私に、素手の一発で強盗をのした彼は美しい顔立ちにぴったりのさらりとした声色《こわいろ》で言った。

私は、彼を知っている。

もちろんこの人生では初対面だけれど。

警察が到着《とうちゃく》すると、私を助けてくれた彼はいなくなってしまった。呆気《あっけ》にとられてお礼も言えなかった自分が情けない。

「セレスティア。このまま神殿《しんでん》へ向かおうと思うが大丈夫か」

「……ええ、問題ないですわ」

警察に強盗を引き渡《わた》し終え、後日家で事情聴取《ちょうしゅ》を受ける約束をした私は、お父様と二人でまた馬車に乗った。

「さっき……セレスティアを助けてくれた青年にお礼をしないといけないな。名前を聞いたか」

「いいえ……」

「……ああ、怖《こわ》い思いをしたのに聞くべきではなかったな。すまない。お父様が捜《さが》そう」

「お父様。もし見つかったら、私に教えてくださいませ。直接お礼を申し上げたいですわ」

一応はそう伝えたけれど、あの彼が見つかる可能性は低いだろうと思う。

彼の名は、トラヴィス。

一度目の人生でも出会った私の友人。

スコールズ子爵家を追い出され、こっぴどい形で婚約破棄《こんやくはき》され、居場所を失ってこれ以上ないほどに傷ついていた私を助けて寄り添《そ》ってくれた人。

けれど友人だったのは一度目の人生でだけ。

他《ほか》の人生でも会いたいと願い、一生懸命《いっしょうけんめい》捜したのに巡《めぐ》り合うことはなく。

――どうして今日ここで。

懐《なつ》かしい友人との一方的な再会。諦めて忘れていたはずなのにな。


『啓示の儀《ぎ》』とは、神に仕える職への適性を確認するためにある。身分に関係なく受けられて、『聖女』『神官』『巫女《みこ》』への適性を判定する儀式だ。

適性ありと判断されるのはとても名誉《めいよ》なことで、神様に選ばれた人間として敬い傅《かしず》かれる存在となる。

ちなみに『神官』は聖女を守り補佐《ほさ》し、『巫女』は神殿内の管理を行う。神殿は『聖女』を中心としてまわっているけれど、三度目ぐらいの人生までは聖女に選ばれた後も居場所がなかった。これは、私が完全に虐《しいた》げられ慣れすぎていたせいな気がする。

回想しつつ神殿に着くと、ちょうどクリスティーナが啓示の儀を終えたところだった。

「あなた！　クリスティーナが！」

興奮した継母《ままはは》が駆《か》け寄ってきたので、私は軽く会釈《えしゃく》をしてお父様から一歩離《はな》れた。

そこに継母が自然と収まり、異母妹《いぼまい》がお父様に正面から抱《だ》きつく。

「お父様！　私……クリスティーナは巫女に選ばれましたわ！」

「本当か！　おめでとう、クリスティーナ！　さすが、スコールズ子爵《ししゃく》家のかわいい娘《むすめ》だ」

仲睦《なかむつ》まじい三人の親子と、少し離れて佇《たたず》む私。

表向き、我が家は『恵《めぐ》まれた先妻の子と立場がない後妻の子』の二人の娘がいることになっている。

それは継母が社交界で植え付けたネガティブなイメージにほかならない。

私のお母様は伯爵《はくしゃく》家の令嬢《れいじょう》だった。だから、はじめはそのつながりで味方をしてくれる人もいた。けれど、気がつくと周囲には誰もいなくなっていた。

人の思い込みとはまったくもって恐ろしいと思う。声が大きいほうが有利、小さいほうには反論すら許されない。

「今日、啓示の儀を申請《しんせい》していたのは以上かね」

大神官様の声が神殿に響《ひび》いて、私は三人を横目に進み出た。

「ここにも一人おります。セレスティア・シンシア・スコールズです」

「セレスティア。では前へ」

「セレスティア、って存在してたのか」「あれだろう、スコールズ子爵家の性悪《しょうわる》な方の娘」大神官様のところに辿《たど》り着くまでに、そんな声が耳に入る。

私は普段《ふだん》、別棟《べつむね》から出ることはない。お茶会や夜会にも、マーティン様の婚約《こんやく》者として呼ばれなければ列席を許されない。招待状は継母がすべて握《にぎ》りつぶしてしまう。

そして、不在の場所で悪い噂《うわさ》が広がっていく。

「呼吸が整ったら、こちらの石板に手をかざすのじゃ」

「はい、大神官様」

大神官様が指し示したのは、神殿の中央に置かれた平たい石。遠目には書見台のように見えるけれど、歩み寄ると確かに石なのだ。

「適性がない場合は何も起きない。青く光れば神官、白く光れば巫女、――金色に光れば、聖女、じゃ」

もし聖女だった場合は、石が金色に光ったうえで何の聖女なのかが古代の神話文字で浮《う》かび上がる。けれど、大神官様はその先の説明をしてくださらない。

なぜなら、この石板を光らせるのは百人に一人。さらに、聖女への適性があるのはその中でも一握《ひとにぎ》り。この段階では説明は不要だとお思いなのだろう。

私がこの『啓示《けいじ》の儀』を受けるのは五回目。聖女だと啓示を受けてからは神殿に住み込んで神に仕える人生を送ることになる。

啓示を受けずに逃《に》げ、全く違《ちが》う人生を送ることもできなくはない。

でも、人を助ける力があるのにそれを活《い》かさない人ってどうなの。あれこれに目を瞑《つむ》って自分だけ幸せになるのは違うと思う。

たぶんこんな風に思うのは、私が『聖女』として四回分の人生を積み上げたからこそで。

わりとひどい人生を送ってきたのは認めるけれど、そこで得た矜持《きょうじ》を捨てるのは嫌《いや》だった。

私は大神官様に軽く礼をして石板に一歩近づくと、息を吐《は》いてから石に手をかざした。

その瞬間に、石の真ん中に柔《やわ》らかな光が湧《わ》きあがる。一瞬で輝きは石全体まで行きわたり、眩《まばゆ》いばかりに煌々《こうこう》と神殿全体を照らした。

「金色」「せ、聖女!」

周囲がどよめいたのがわかる。

確かに、これは金色の光で。

――けれど、おかしい。過去四回のときにはこんなことはなかった。

「文字が……」

古代の神話文字が浮かび上がらないのだ。大神官様も同じことを思っているのだろう。

私の背後にまわって石を覗《のぞ》き込む。その瞬間。

パキッ。ビシッ。

「えっ?」

不穏《ふおん》な音がし始めたので私は後ずさる。とん、と大神官様にぶつかってしまった。謝ろうと見上げた大神官様はかわいそうなほどに驚愕《きょうがく》の顔をしている。

どういうこと、と石板のほうに視線を戻《もど》す。すると。

「割れるとは……!」

石は、粉々に砕《くだ》け散っていた。

「ええっ？」

この世界に存在する聖女は、『先見の聖女』『戦いの聖女』『癒《いや》しの聖女』『豊穣《ほうじょう》の聖女』の四種類。

そういえば、私は四回目までのループでこの聖女四種類をコンプリートしている。何の聖女になるかは毎回違うので、魂《たましい》に基《もと》づいたものではないのだろうな、と思っていた。けれどつまり、もうこれ以上力は与《あた》えられないということ……？

「我が国で、こんなことは初めてだ」

大神官様の言葉はざわざわとした神殿内の空気に吸い込まれ、私の耳にだけ届く。

――どうしよう？

「後日、あらためて神殿に来るように」と言われた私は、一人で馬車に乗りスコールズ子爵家へと戻った。

一人になったのは、私が『聖女』になったのを見た継母が気絶したからだ。継母を介抱《かいほう》するお父様とクリスティーナが同じ馬車に乗り、私を置いてとっとと帰ってしまった。

口先では私を愛していると言いつつ、いざとなるとあっさり継母と異母妹を選ぶお父様。本当にわかりやすく、長いものに巻かれ強いほうにひれ伏《ふ》すタイプだった。私にばれていないと思っているところがなかなか最低だと思う。

私は自室の暖炉《だんろ》に火を入れ、ほつれた室内着に着替《きが》えてブランケットにくるまる。

今日はお父様が家にいるから薪《まき》は使い放題なはず。

薪をぽんぽんと投げ入れて、火をどんどん燃やしていく。

「こんな生活にずっと耐《た》えていた自分が信じられないわ……」

顔を上げると、窓越《ご》しに豪奢《ごうしゃ》な馬車が敷地《しきち》内に入ってくるのが見えた。

うちの馬車も華《はな》やかだけれど、それとは一線を画す高貴さ。そして、紋章《もんしょう》。

「マーティン様だわ」

ヘンダーソン伯爵家の嫡男《ちゃくなん》、マーティン・バリー・ヘンダーソン様は十七歳。

どの人生のときも、私が生きていれば必ず婚約を破棄《はき》してくる最低な男である。

理由は決まって『クリスティーナと真実の愛を見つけた』から。

「一度目のときなんて、お父様を亡《な》くして家を追い出された直後の私に婚約破棄を言い放つんだもの。結婚《けっこん》が叶《かな》わないのは当然だけれど、異母妹のほうが好き、とかいう次元じゃないと思うの。人間として最低よ」

人間の底辺を這《は》う彼の顔を思い出していると、部屋のドアが叩《たた》かれた。

訪問者はいつも食事を運んでくれる使用人だった。けれど、手もとにはスープとパンがのったトレーがなくて、私は首を傾《かし》げる。

「何か御用《ごよう》かしら」

「旦那様《だんな》がお呼びです」

「ああ、マーティン様がいらっしゃったからね」

私の答えに使用人の表情が強張《こわば》る。きっと、この先の展開を想像しているのだろう。

だって彼が訪ねたのは、私ではなくて異母妹《いぼまい》のクリスティーナなのだから。

「すごいね。クリスティーナは巫女《みこ》の適性があると判断されたんだ」

「えへへ。クリスティーナに務まるかはわかりませんが……精一杯頑張《せいいっぱいがんば》ります！」

「クリスティーナはいつも一生懸命《いっしょうけんめい》だね。セレスティナと同じ家にいては気が休まらないだろう？　それなのに笑顔《えがお》を絶やさず……本当にえらいよ」

「マーティン様、そんなことは仰《おっしゃ》らないでください！　私は……お姉さまの気持ちをわかってあげたいのです！　早くにお母様を亡くされて……きっと、寂《さび》しい想《おも》いを……」

芝居《しばい》がかった異母妹の声色《こわいろ》に、もう頭が溶《と》けそう。

なにが悲しくてこんなやり取りを聞かないといけないのかな。

「本当に優《やさ》しいんだね、君は」

「……お姉さまは聖女に決まってとっても喜んでいらっしゃいましたわ。お祝いのパーティーをすると……張り切っておいでで」

「ひどいな。この家には君もいて、巫女に選ばれたっていうのに。そうだ。今度うちで君のための茶会を開こう。僕の友人たちに紹介《しょうかい》するよ」

「ほ……本当ですか！　でも……そんなの、お姉さまに悪いですわ」

「セレスティナに文句は言わせないさ。君は、僕の大切な人だ」

婚約者《こんやく》である私の名前を思いっきり間違《まちが》えまくるマーティン様にため息をつく。彼を慕《した》っていた、記憶《きおく》を取り戻すまでの自分がかわいそうで泣けてきた。

使用人経由でお父様に向かえと言われたサロンには誰《だれ》もいなかった。

もしかして、とクリスティーナの部屋の前までやってくると、こんな感じの、囁《ささや》くような話し声がしたのだ。

二人の関係が特別なものということは過去四回のループでよく知っていた。けれどこんなに生々しい会話を聞くのは初めてで、扉《とびら》の前で吐き気がする。

「セレスティアお姉さまが聖女となると……私はこの家でますます居場所がなくなりそうなんです。とっても不安で」

「そんなことはさせないさ。僕の矜持にかけても」

「マーティン様……！」

ねえその薄《うす》っぺらい矜持に、かける価値ある？　いろいろな意味で限界を迎《むか》えた私は扉をノックした。

「失礼いたします」

「セ、セレスティナ嬢《じょう》……！」

「今のお話はすべて聞かせていただきました」

マーティン様は一瞬だけ狼狽《ろうばい》する様子を見せたものの、すぐに立ち直る。

「そ、そうか。そういうことだ。新しいものを嫌《きら》うという理由で、異母妹をいじめるのはやめることだな」

「新しいものを嫌う？　……私とクリスティーナの誕生日は、数日しか変わりませんのよ。お継母《かあ》様は、私の母が亡くなった数週間後にはもう子爵《ししゃく》夫人の座にいたらしいですから」

「ではなぜ彼女を虐《しいた》げる。クリスティーナ嬢はかわいらしい外見や出すぎない振《ふ》る舞《ま》いで身の丈《たけ》を弁《わきま》えている。さらに刺繍《ししゅう》の腕《うで》も確かで、淑女《しゅくじょ》として完璧《かんぺき》だ。社交界での評判は素《す》晴《ば》らしいのに、家で居場所がないと泣いているではないか」

マーティン様は、ひらり、と刺繍がされたハンカチを見せてくる。

ちなみにその刺繍は私がしたもので、事情を知っていれば間抜《まぬ》けにしか見えない。

継母《ままはは》が作り出した評判を盾《たて》に取って高圧的に振る舞うマーティン様はひどく滑稽《こっけい》だった。いつの間にか彼の背中にくっつき、私から身を隠《かく》そうとする異母妹にも腹が立つ。

「私は、そのようなことはしておりません」

「しかし、クリスティーナ嬢は」

マーティン様の後ろで、異母妹がにやり、と笑うのが見えた。あ、これはこの前見た夢と一緒《いっしょ》……いいえ、違《ちが》う。あれは四度目の人生のときの真実だった。

「マーティン様。私たちの婚約を解消いたしましょう。私よりも妹を優先するのでしたら、彼女と婚約をし直すべきです」

「ま、まままま待て。僕がしているのはそういう話ではない」

「そのセリフは握《にぎ》ったままの妹の手を離《はな》してからお願いします」

ぱ、と二人の手が離れて微妙《びみょう》な空気が流れた。どこまでもその場しのぎの対応にため息が漏《も》れてしまう。

「本質を理解していないのはあなたですわ」

俄《にわ》かに焦《あせ》り始めたマーティン様を、私は冷ややかに睨《にら》みつけた。

「相手を信頼《しんらい》せずに自分の意見だけを押し付け、都合のいい話ばかり真実とするのは傲慢《ごうまん》ですわ。そのような方に寄り添《そ》うのは困難です。幸い、私はこの国で大切にされる聖女の啓示《けいじ》を受けました。この家を追い出されても、神殿《しんでん》が保護してくださいます」

「ま、待ってくれ。冷静に、話を」

「ああ、それからマーティン様。私の名前はセレスティナではなくセレスティアですわ。クリスティーナの名前を呼びすぎたのかもしれませんわね。では、失礼いたします」

「話せばわかる。セレスティナ……セレスティア！　話を聞いてくれ！」

真っ青な顔をしたマーティン様に恭《うやうや》しくカーテシーをすると、私は淑女らしく退室した。


数日後。

神殿に向かう私の胸元《むなもと》にはお母様の形見のネックレスが光っていた。

昨夜、お父様のいる夕食の席でこのネックレスを話題に出し、奪還《だっかん》に成功したのだ。

記憶を取り戻《もど》すまでの私には、こういう計算高いところがなかった。毎回、記憶を取り戻す度《たび》にそれまで何の口答えもせず無気力に生きていた自分への怒《いか》りを感じる。

そしてマーティン様からは『婚約破棄《こんやくはき》なんて認めない』という手紙が何通も届いていた。

「最初の人生の私が、マーティン様を本気で好きだったなんて信じられないわ。本当にどうかしていたとしか思えない」

五度目の人生を送る私には、彼が手のひらを返した理由がわかる。

「クリスティーナの生まれでは、婚姻《こんいん》を結ぶ際に問題が出るのよね。あの子の評判はつくられたものだもの。マーティン様のご実家、ヘンダーソン伯爵《はくしゃく》家は歴史ある名門。クリスティーナの母親が平民だということをつく勢力は出てくるわ」

その後、まともな家はマーティン様との縁談《えんだん》を受けてくれなくなる。面倒《めんどう》は遠慮《えんりょ》したいに決まっているから当然だ。

過去の人生、頭がお花畑になって意気揚々《いきようよう》と婚約破棄してくれたのは、クリスティーナにけしかけられて気が大きくなっていたのだろう。

今回は私から告げられて急に冷静になり縋《すが》ってきた。本当に残念な人。

ちなみに、手紙には『話せばわかる』『クリスティーナとの関係は誤解だ』『セレスティアっていい名前だね』と呪文《じゅもん》のように綴《つづ》られていた。

婚約破棄を告げたけれど、ただでは逃《のが》してくれない気がして身震《みぶる》いがする。

「けれど、問題はこんなところではないのよね」

そう。五回目の人生を歩み始めた私は、ある確信を持っていた。

「……私がこれまでの人生で死んだきっかけって『人を好きになったこと』なのだわ」

一度目も二度目も三度目も四度目も全部、私は好きな人によって命を絶たれた。

もちろん、その中には恋愛《れんあい》的な意味の『好き』ではなかった想いもある。

けれど確かに、心を許そうとした相手に裏切られ、命を奪《うば》われた。

「……薄々《うすうす》感付いてはいたけれど、やっぱり人を好きになるとダメなのね。その人に……殺される」

私だって、終わりのない人生を永遠に彷徨《さまよ》いたくはない。今は自由に好きなように生きたいと思っているけれど、あと五回もループすれば精神的な限界が来る気がする。

——今回の人生の目標は、ループから抜《ぬ》け出して平穏《へいおん》な人生を送ること。

「私は誰も好きにならない。生きるために恋《こい》はしないわ」

決意して馬車を降りた私は、この前啓示を受けたのとは違う棟《とう》に向かったのだった。

到着《とうちゃく》した部屋で待っていたのは、大神官様と見覚えのある四人の神官だった。

「わざわざ来てもらってすまないね。この前の啓示の儀《ぎ》を受けて、セレスティア嬢の能力を詳細《しょうさい》に判定しようということになったんじゃ」

「いいえ。私も不思議だったので、こんな早くに機会を設けていただき感謝しています」

じゃ、とわかりやすくおじいちゃんっぽい言葉遣《ことばづか》いをする大神官様が私のお父様と年齢《ねんれい》が変わらないことは知っている。見かけ通り穏《おだ》やかで温かな人だ。

問題なのは、その後ろに見える神官たちだった。

向かって左から、バージル、シンディー、ノア、エイドリアン。なんの偶然《ぐうぜん》なのかは知らないけれど、一度目から四度目までの私の相棒が順番に並んでいる。

そして冷たい視線が突き刺《さ》さる。そう、初めは皆《みな》冷たかった。母親違いの妹をいじめ倒《たお》すという、継母がつくりだした悪評を信じていたから。

ちなみに、エイドリアンには四回目の人生の最後で裏切られた。

つまりそれはそういうことで。だからなるべく関《かか》わりたくない。

「聖女様と神官は、二人一組で行動することになります」

「……はい」

「先見の聖女、戦いの聖女、癒《いや》しの聖女、豊穣《ほうじょう》の聖女、それぞれと相性《あいしょう》のいい神官がペアになります」

綺麗《きれい》な顔で説明してくれるのは、二度目の人生で私の相棒だったシンディーだった。

四人中唯一《ゆいいつ》の女性で、サラサラなブロンドのショートヘアがよく似合っている。

シンディーは回復魔法《まほう》が使える。『癒しの聖女』のほかに回復魔法が使えるのはかなりめずらしい。

神官は聖女の護衛にあたり、啓示を受けた瞬間《しゅんかん》に強い力を手にする。だからこの四人もとても綺麗な外見をしているけれど、めちゃくちゃ強いのだ。

ちなみに、キャラもなかなかに濃《こ》くて私はこの先いろいろと苦労することになる。

今回は誰《だれ》と組むことになるのかな。できれば、この中の誰でもなくほかの人にお願いしたい。

とにかく、四回目の人生の最後で私を殺したエイドリアンだけはやめてほしい。

「今から、セレスティア様には能力鑑定《かんてい》を受けていただきます」

「能力鑑定？」

五回目の人生にして初めて聞く言葉に首を傾《かし》げると、シンディーではなく大神官様が頷《うなず》いた。

「そうじゃ。神殿の石板が割れてしまったからのう」

「……申し訳ありません」

「いやいや。気にするな。本当なら、神からの啓示《けいじ》を受けるとあの石には四つの聖女のうち何の力を持っているのかが古代神話文字で浮かび上がるはずなのじゃ」

実は過去の人生でその四種類をコンプリートしています、なんて言えるわけもなく。私はあまりの気まずさに大神官様から目を逸《そ》らす。

すると、ちょうど一番左のバージルと目が合った。心が女子な美形男子である彼の滑《なめ》らかなウエーブヘアは、いつ見ても綺麗に手入れされていてこの人生でも変わらない。

『大神官様から目を逸らしてんじゃないわよ』というどすのきいた声が聞こえそうで、私は縮こまる。こわい。

「もう一度石板で啓示を確認《かくにん》するべきなのじゃが……予備がなくてのう。神官たちに作り直させているところじゃが、少し時間がかかる」

これまでの人生では普通《ふつう》に啓示の儀を終えることができていたのに、どうしてこんなことに。だから私は何の警戒《けいかい》もせず啓示の儀に臨《のぞ》んでしまった。

ちなみに、前回までのループで得た力が今世でも使えるということに気がついたのは四回目のループのおしまい近くだった。もっと早く気がついていたら力を使って身を守り、死なずに済んでいたのかもしれない。でも、今さら言っても仕方がない。

「……石板の代わりに『能力鑑定』というものをするのですね」

「ああ、そのとおりじゃ。本当に運がいいぞ。タイミングよく適任者がここにいてな」

ここ？　神殿《しんでん》内の一室にしては近代的すぎる機能的な応接室をぐるりと見回すと、私の後ろの扉《とびら》が開く気配がした。

「トラヴィス」

「！」

大神官様が呼んだのは私の友人の名前だった。驚《おどろ》いて振《ふ》り返ると、ついこの前強盗《ごうとう》から助けてくれた彼がいた。

「臨時で神殿の手伝いをしているトラヴィスです」

これは夢なのではないかな。

最初の人生で私の友人だったトラヴィスがすぐそこにいる。ほかの人生でも会いたくて捜《さが》したのに、全く巡《めぐ》り合えなかった彼が。

この前は緊急《きんきゅう》事態だったので気がつかなかったけれど、トラヴィスは随分《ずいぶん》と上品な身なりをしている。サラサラの前髪《まえがみ》からは自信たっぷりな瞳《ひとみ》がこちらの様子を窺《うかが》っていた。

ニコリと微笑《ほほえ》んだトラヴィスはさも当然という風に大神官様の隣《となり》に腰《こし》を下ろす。

あまりにもナチュラルな動きに私は呆気《あっけ》にとられた。待って。どういうことなの？

「セ……セレスティア・シンシア・スコールズと申します」

「よろしく、セレスティア嬢《じょう》」

「……」

大神官様はとても偉《えら》い人で、この神殿に奉仕《ほうし》する神官たちだけではなく、聖女や巫女《みこ》たちも束ねるお方にあたる。

神に仕える私たちのトップに君臨する大神官様は、冗談《じょうだん》ではなく国王陛下と同じぐらいの権力を持つ。その大神官様と対等に接するトラヴィス。そして、それを咎《とが》めない大神官様と四人の神官たち。本当に意味がわからない。

私がトラヴィスを見る目が相当に怪《あや》しかったのだろう。一度目の人生の相棒・バージルが苦々しく毒づいた。

「アナタ、トラヴィス様が美しいから見とれているのね？」

違《ちが》いますそうではないです。

女子を見る目がとても厳しいバージルとは、一度目の人生で一緒《いっしょ》に行動した仲だった。

初対面の日、彼はスコールズ子爵《ししゃく》家を追い出され着の身着のまま神殿に現れた私の髪《かみ》を無言で梳《す》いてくれた。

継母《ままはは》による『ひどい姉』の評判を知っていたはずなのに。

けれど、数日で私におしゃれをする気がないと悟《さと》ると『宝の持ち腐《ぐさ》れだわ』と嘆《なげ》き距離《きょり》を置かれるようになった。

評判に関する誤解はわりと早く解けたほうだったけれど、美容に関しては相容《あいい》れない仲だと判断されたらしい。

巫女として神殿を訪《おとず》れた異母妹《いぼまい》・クリスティーナを見ながら『どうせ女子と組むなら、ああいうもっとキラキラしたご令嬢《れいじょう》がよかったわ』と、呟《つぶや》いていた気がする。

……悲しくなってきたので話を戻《もど》したい。

「いいえ！　あの、トラヴィス……様は、普段《ふだん》からこちらにいらっしゃるのですか。なんだか、神官らしくないので」

「今日は手伝いです」

本人から非常に胡散臭《うさんくさ》い笑顔《えがお》と、はぐらかすような答えが返ってくる。

彼が神官だったなんて知らなかった。私が知っている限りそんな素振《そぶ》りは全くなかった。

『何者』と聞きたいけれど、大神官様への振る舞《ま》いからはそれが許される空気ではない。

そんな私の心の中を察したかのように大神官様は仰《おっしゃ》る。

「トラヴィスは神官の中でも特に神力が豊富で強い。そこに関してはわしよりも上なのじゃ。神力を相手の身体《からだ》の中に通して、聖なる力の種類を探《さぐ》ることができるんじゃよ」

「では、トラヴィス様に判定していただいた後、私がどの神官と組んでどんなお仕事につくのかを決めるということですね」

「如何《いか》にも」

皆、意外と呑み込みが早いな、という顔をしている。

でも五回目の人生なのでごめんなさい。少しは『性悪《しょうわる》なひどい姉』のイメージを忘れてくれたらいいな。まぁ無理だろうけれど。

パートナーへの特別な想《おも》いを馳《は》せていた私に、トラヴィスが手を差し出した。

「早速《さっそく》、やってみましょう。御手《おて》をお借りしてもよろしいですか」

「……はい」

私が右手を差し出すと、トラヴィスは私の手のひらを優《やさ》しく両手で包んだ。

指先が白く光ったかと思えば、手のひら、腕《うで》と伝って神力が入り込んでくる。身体がぽかぽかと温かい。神力に触《ふ》れるのは初めてのことで感動する。

神力とは守るべきものを育《はぐく》む神の力。聖女が使う聖属性の魔力《まりょく》とは別物だ。聖女の場合は聖属性の魔力が空っぽになれば動けなくなるだけだけれど、神官の場合は少し違う。

聖女と神を守るために、神官の命が尽きるまでそれは消費される。

だから、使い方や加減を知らないととても怖《こわ》いことになる。

「体調に変化はありませんか」

「はい、何も」

予想外なことに、不快さや不思議な感覚はない。大人しくされるままになっていると、トラヴィスの表情が険しくなった。何か異常が見つかったのかな。石板が割れたことを筆頭に、心当たりがありすぎる。

彼の額には汗《あせ》が浮《う》かんでいて、少しだけ息も上がっていた。

私が聖属性の魔力を使うときはかなり疲弊《ひへい》しないとここまでにはならない。能力鑑定をするのには相当な神力が必要なのだろう。

けれど、それだけではない気もする。

何というか……そんな目で見ているつもりはないのに、すごく煽情《せんじょう》的に見えてしまって。

背後に並ぶバージルもそれを察知したらしく身を乗り出している。本当にやめてほしい。

そんなことを考えているうちにトラヴィスは私の手をゆっくりと離《はな》した。

「彼女は、先見・戦い・癒《いや》し・豊穣《ほうじょう》……すべての適性を持っているようですね」

「な、なんと」

大神官様は驚きの声をあげ、後ろの四人は目を見開いて固まった。

「俄《にわ》かには信じがたいですが、聖女の力のもととなる聖属性の魔力も……恐《おそ》らく一般《いっぱん》的な聖女の五倍程度はあるかと。前例がないのでは」

「あ」

五倍、に心当たりがありすぎて声が出る。

そうだ。私の人生は五回目。ループした分だけ力が溜《た》まっているということなのだろう。

「代わりにサイドスキルが見当たりませんね。ここまで突出《とっしゅつ》した力があるのなら、サイドスキルがないとおかしいのですが」

「サイドスキル……」

過去四回のループで聞いたことがある。特に優《すぐ》れた能力を持つ聖女には『先見』『戦い』『癒し』『豊穣』いずれかとは別に、特別なサイドスキルが与《あた》えられると。

「そうじゃ。あまり知られていないが、一部の選ばれし聖女にはサイドスキルというものがある。めったにいないし、啓示の儀《ぎ》では明らかにならない。聖女として過ごすうちに判明するパターンが多い。仮に神からすでに受け取ったと仮定して、彼に見通せないスキルとなると……相当、非凡《ひぼん》なものか」

「なるほど」

そっか。ループ五回分の力を蓄《たくわ》えている私にはサイドスキルが目覚めていてもおかしくないのだ。

あっさり納得《なっとく》した私にトラヴィスは淡々《たんたん》と冷静に告げてくる。

「聖女は相性《あいしょう》のいい神官とペアを組んで行動しますよね。セレスティア嬢の能力を考えると……」

ついさっきまで息が上がっていたのが嘘《うそ》みたい。

そして後ろの四人がびくりと身構える。いくら私に関する悪評を知っているとはいえ、そんなにあからさまに嫌《いや》がらなくてもいいと思う。

私だって、継母がばら撒《ま》いた悪評を信じない神官と組みたいし、私を殺さない人を側《そば》に置きたいです。

まぁ、現時点でそんなに都合のいい相手はこの神殿《しんでん》にはいないと思うけれど。

だって、たとえそれが事実無根でも、皆《みな》が言っていることはその人にとって真実なのだ。

過去の人生で私はそれをよく知っている。

……あ。待って？

適任者が一人だけいることに気がついてしまった。

継母がばら撒いた悪評を知らなくて、もし聞いてもきっと信じなくて、私を殺さないだろう人。

一緒に行動して楽しいのも助けになってくれるのも全部わかっていて、危険があったら救ってくれて私も絶対に救おうと思えて、そして好きにならないだろう人。

「あの、大神官様！　私、この方と組んではだめでしょうか？」

私が指し示した先には、涼《すず》しげな目元に覗《のぞ》く瑠璃色《るりいろ》を揺《ゆ》らし、驚《おどろ》いた表情のトラヴィスがいた。

「私、でしょうか。セレスティア嬢《じょう》」

「はい、ぜひ。トラヴィス様！」

お茶を飲んでいた大神官様がぶふっと吹《ふ》き出し、シンディーがハンカチを差し出すのが見えた。

神殿の裏庭。

ここは、神殿の加護のおかげで冬でも快適な気温に保たれている。

能力鑑定《かんてい》を終え解放された私は、ベンチに座ってさっき残した朝食をもぐもぐ食べていた。トラヴィスの顔を見ていたら、ランチボックスに入っているサンドイッチを思い出したのだ。

「……このサンドイッチの味を教えてくれたのは彼なのよね」

結論から言って、大神官様はトラヴィスと私が組むことを止めはしなかったけれど勧《すす》めもしなかった。

残していったのは『本人同士で話し合うように』というありがたいお言葉。大神官様は基本的に私たち聖女や神官のことを尊重してくださる。

つまり、丸投げだった。

一度目の人生のことを回想する。私は『先見の聖女』だった。先見の聖女は未来を見通す力を持つ。けれど、狙《ねら》った未来を好きなタイミングで見られるわけではない。

だから聖女の力のもととなる聖属性の魔力を鍛《きた》えたり、神様に仕える者として精神的な修行《しゅぎょう》を積む必要がある。

そこまでしても自分が死ぬことを予期できなかった残念な『先見の聖女』もいる。もちろん、私のことだけれど。

「一回目のとき、お父様が亡《な》くなってマーティン様に婚約破棄《こんやくはき》をされた私は、少ししてからトキア皇国に向かうことになったのよね。トキア皇国にはこの世界のすべての神を束ねる大神殿があるから」

もぐもぐと咀嚼《そしゃく》しながら考える。

甘酸《あまず》っぱいベリーソースと塩気のあるチキンはやっぱり相性がいい。このサンドイッチは、そのトキア皇国で一般的な料理のひとつだ。

修行のためにトキア皇国に到着《とうちゃく》した私は、休日の街でトラヴィスに出会った。彼はいつも軽装だったけれど、短剣《たんけん》を携《たずさ》えていた。だからトラヴィスは騎士《きし》なのだと思っていた。

まさか神官の力を持っていたなんて。

トキア皇国での滞在《たいざい》はわずか一年の半分ほどだったけれど、私たちは友人として仲良くなった。修行の期限が訪《おとず》れ、私はルーティニア王国へと帰国し異母妹《いぼまい》とマーティン様（悔《くや》しいことに私は彼に未練があった、信じられない）にもう一度傷つけられ、死んだ。

「というか、この人生が一番悲惨《ひさん》だったかも」

「……神に仕えるのは本意ではないですか？」

背後からかけられた声に、私はサンドイッチを詰《つ》まらせた。

「んっっ」

苦しい。手探《てさぐ》りで水筒《すいとう》を捜《さが》すと目の前にカップが差し出される。ありがたい。ごくごくと紅茶を飲み込んで、私はやっと息ができた。

「……トラヴィス様、ありがとうございます」

この人生で早くも二度命を救ってくれた恩人に頭を下げる。すると、彼は私の隣《となり》を指差した。

「こちらに座ってもいいでしょうか」

「はい、もちろんです」

この裏庭にベンチはひとつしかない。朝食か昼食かおやつかはわからないけれど、彼も食事の時間らしかった。

ちらり、と横顔を覗き見る。いつも通り涼しげな横顔。久しぶりの友人との再会に何と言ったらいいのかわからなくて、ただじーんとしてしまう。けれど、まずはとりあえず『聖女』として誤解を解かなければ。

「今の質問ですが。神にお仕えできるのは本当に幸せなことです」

「それならよかった」

こちらに向けられる懐《なつ》かしい微笑《ほほえ》みを見た途端《とたん》に、複雑な感情がこみ上げた。

ああ、彼に話したいことがたくさんある。

最初の人生でトラヴィスと別れてから私は彗星《すいせい》を見て、一人前の聖女として認められた。

別の人生では黒竜《こくりゅう》の討伐《とうばつ》に行ったし、流行《はや》り病の治療《ちりょう》のときは一回目の人生でトラヴィスが教えてくれたことが役に立った。

落ち込んだ夜には大神殿のてっぺんから星を見せてくれた。

正直、基本的に女の子を寄せ付けない彼がそんな気遣《きづか》いをしてくれたのが本当に意外で。

私は今でもたまにあの星空を思い出す。

それから、振《ふ》られてもなおマーティン様に手紙を送りたかった残念な私を馬鹿《ばか》にしないで見守ってくれたし、寂《さみ》しくなったときには何を措《お》いてでも話を聞いてくれた。

たった半年の間ではあったけれど、確かに私たちはいい友人だった。

一人、思い出に浸《ひた》るのが寂しくなった私はつい最近のお礼を伝えることにする。

「トラヴィス様、この前は助けてくださってありがとうございました。啓示《けいじ》の儀《ぎ》を受けた日、神殿に向かう途中《とちゅう》に馬車が襲《おそ》われまして」

「……やはり、あの馬車に乗っていたのはセレスティア嬢でしたか。見覚えがあると思いました」

「あの時は、きちんとお礼をお伝えできずに申し訳ございません」

「……いえ、こちらこそ。まさかこんなところで再会するとは」

私が頭を下げるとトラヴィスは微妙《びみよう》な表情を浮《う》かべる。それはそうだと思う。だって最初の人生でのトラヴィスは、女性をものすごく警戒《けいかい》していたのだから。

この甘いルックスに精悍《せいかん》な佇《たたず》まいを女子が放《ほう》っておくはずがない。私は半年間のことしか知らないけれど、そのわずかな期間にもトラヴィスはさまざまなトラブルに巻き込まれていて本当に大変そうだった。

もし強盗《ごうとう》から女の子を助けたりしたら、これ幸いとばかりにあらゆる力業《ちからわざ》で結婚《けっこん》に持ち込まれてもおかしくないと思う。

当時、信じられないことに私はマーティン様への未練を持っていた。婚約破棄され、家を追い出されても目が覚めないなんて、本当にありえない。

だからトラヴィスの完璧《かんぺき》な外見に興味を示さない私は、彼と友人になれたのだと思う。

「トラヴィス様が私の乗った馬車を助けた後すぐにいなくなってしまったのは、私に言い寄られると警戒したからではないでしょうか」

「……あなたから見た私は随分《ずいぶん》と自意識過剰《かじよう》なようだ。お恥《は》ずかしいです」

「いいえ、これは事実だと思います。だって、あれを見てください」

私の視線の先にはチラチラとこちらを気にしながら通り過ぎる女子——巫女《みこ》たちの姿が

あった。トラヴィスは、少し面食《めんく》らったような顔をしてからぷはっと笑う。

「……セレスティア嬢は面白《おもしろ》いですね」

「では、私の相棒になってくださいますか？」

「……それは」

あっさりかわされるかと思ったのに彼は少し考え込んでしまった。意外といけそうな気がする。この人生、できる限り自分を殺さない人の近くにいたい私は、前のめりになった。

「私とトラヴィス様が組めば、女性絡《がら》みのトラブルを避《さ》けられます！　聖女と神官はずっと一緒《いっしょ》に行動しますから」

「興味深い提案ですが、」

「詳《くわ》しくは言えませんが、私が誰《だれ》かに恋《こい》をすることはありません。もし好きになることがあったらそれは死ぬときで、面倒《めんどう》なことになる前に消えていなくなると思います！」

「……それはどういうことですか？」

「何があっても、私はあなたを好きになりませんので大丈夫《だいじょうぶ》、ということです」

命が懸《か》かっていますので。

念押しすると、彼はなぜか躊躇《ためら》うような素振《そぶ》りを見せてから、口を開いた。

「少し話は変わりますが……。私たち神官が持つ神力には少し不思議な特性があるというのはご存じでしょうか。聖女が持つ聖属性の魔力《まりょく》にとても弱く、条件を満たした相手の魔力にひとたび触《ふ》れると、たまらなく愛《いと》しい気持ちになるようです」

なにそれ。

「初めて知りました。それって、惚《ほ》れ薬みたいなものなのでしょうか？」

「それぐらい邪《よこしま》なものなら気楽ですね。しかし、感覚では『本能に植え付けられているもの』に近い気がして驚《おどろ》いたところです。そもそも、条件を満たす相手に出会うことがまずありません。聖女自体が少ないですから」

「え……ええ」

「以前読んだ書物には一目惚《ひとめぼ》れのようなものだと書いてありました。それ以前に、条件を満たす相手とは、神力の交わりがなくてもいずれ慕《した》う相手なのだと」

なんだか話がおかしな方向に行っている。けれど、トラヴィスが何について話したいのかは理解できた気がした。

「つまり……神官が魔力に触れて好きになる聖女っていうのは、そもそもその神官にとって運命の人、ただ恋に落ちるのが早くなるだけ、ということですか？」

「その通り」

「仰《おっしゃ》ることは理解しましたが、どうしてこの話になったのか意味がわかりません」

「今は聞くだけ聞いてくれればいいです。きっと、すぐには理解できないと思います」

すぐにどころかしばらくは理解できそうにない。しかも、きっと私には関係のない話だろう。トラヴィスの話を適当に呑《の》み込んだ私は、うんうんと頷《うなず》いて話をまとめに入った。

「……ということで、私の相棒になる件についてご検討いただけるとうれしいです」

「ああ、前向きに検討しようと思います」

「ですよね。すぐにご決断いただけるわけない、って……えっ？」

今、この人なんて言った？

ぽかんと口を開けた私に、トラヴィスが爽《さわ》やかな笑《え》みを向けて繰《く》り返す。

「それに関しては前向きに考えたいと思います。極《きわ》めて、前向きに」

誘《さそ》った私が言うのもおかしいけれど、意味がわからない。

この人生でトラヴィスとまともに話したのはこれが初めてなはず。なのに相棒になることに前向きなのはなぜ。

困惑《こんわく》したせいで彼の笑顔にどきりとしそうになった私の頭には、ふと疑問が浮かんだ。

――あれ。私、さっき彼の神力で能力を鑑定《かんてい》してもらわなかったっけ？

この人生では誰のことも好きにならず、恋をしないでとにかく長生きしたい私は、よくわからないけれど背筋がぞわっとしたのだった。

第二章　好きだと言われても困ります

その何日か後のスコールズ子爵家《ししゃくけ》。

クリスティーナ・セレーネ・スコールズは神殿《しんでん》に向かう支度《したく》をしていた。明日から行われる『巫女』専用の研修のためである。

すると、自室の扉《とびら》が叩《たた》かれて母親が顔を覗《のぞ》かせた。

「クリスティーナ！　研修がもうすぐ始まるのね。あなたがいないと寂《さみ》しくなるわ」

「ふふっ。たった十日間よ？　……神殿に着いたら、巫女専用のドレスがいただけるんですって！　楽しみだわ」

「そういえば、セレスティアも同じ時期に研修を受けるのよね。『聖女』は人数が少ないから別プログラムのようだけれど」

「……その話はしないで、お母様」

クリスティーナが表情を曇《くも》らせると、母親は彼女をぎゅっと抱《だ》きしめた。

「ああ、ごめんなさい。そうよね。この家で一番大切な娘《むすめ》はあなたなのだから。お父様だっていつもそう仰っているわ。名誉《めいよ》も屋敷《やしき》も庭も宝飾品《ほうしょくひん》もドレスも召使《めしつか》いも何もかも、スコールルズ子爵家のものはあなたのために存在しているのよ」

「私……セレスティアお姉さまが聖女だなんて、何かの間違《まちが》いだと思うの。だって、あんなに何もできない人なのよ？　ただ、母方の身分がちょっと高いってだけなのに！」

「私もそう思っているわ、クリスティーナ。だって、あなたが巫女なのにセレスティアが聖女なんて……絶対におかしいもの」

セレスティアが聖女だと啓示を受けてから、スコールルズ子爵家の雰囲気《ふんいき》は最悪だった。

母親は数日寝込《ねこ》み、もう少し長く王都にいられるはずだった父親も家の内の雰囲気に耐えられず早々と領地へ戻《もど》ってしまったのだ。

（神殿に仕える巫女に選ばれるなんて……とてもめずらしくて名誉なことなのに！）

啓示の儀は貴賤の別なく誰でも受けられる。そして、貴族令息・令嬢《れいじょう》が神に仕える資格を得られるとそれを祝うためのパーティーが各家で催《もよお》されるものなのだ。

大神官様の前で石板が光ったときのクリスティーナは完全に有頂天《うちょうてん》だった。裕福《ゆうふく》な家と、優《やさ》しい両親と、魅力《みりょく》的な（姉の）婚約《こんやく》者。

けれど、その幸せな気持ちはたった十分で覆《くつがえ》された。

クリスティーナの直後に啓示の儀を受けた異母姉《いぼし》が、石板を金色に光らせたせいだ。

両親はパーティーをしようと言ってくれたけれどクリスティーナは断った。あの姉と合同のパーティーなんてたまったものではない。

仮に授《さず》かった役職が逆だったならまだよかった。けれど、クリスティーナのほうが下という時点でありえない。

（セレスティアお姉さまなんて取るに足らない存在のくせに。私が恵《めぐ》んであげたお菓子《かし》を食べて、私のお下がりのドレスをありがたがって着るしかないくせに。許せないわ）

ニコニコと可憐《かれん》な笑みを取り繕《つくろ》いながら、そういえば、と母親に問う。

「お母様。マーティン様からのお手紙は届いていないでしょうか？　この前、お手紙をお送りしたのですが」

「それが……。来ていないわね、クリスティーナには」

急に目を泳がせて挙動不審《ふしん》になった母親の様子に違和《いわ》感《かん》を抱《いだ》く。

（クリスティーナには？）

そもそも、姉の婚約者と親しくなるようにけしかけてきたのは他《ほか》でもないこの母親だった。「クリスティーナ、あなたには美貌《びぼう》の他に私にはなかった貴族令嬢という地位があるわ。嫁《とつ》ぐなら格上の家にしましょう」と。

母親が市井《しせい》育ちのため、クリスティーナは伯爵《はくしゃく》家以上の嫡男《ちゃくなん》には見向きもされない。お茶会ではちやほやしてもらえるけれど、婚約となると一気に距離《きょり》を置かれてしまう。

それでも簡単に近づける相手が、セレスティアの婚約者・マーティンだったのだ。

セレスティア宛《あ》てのお茶会への招待状は母親が握《にぎ》りつぶした。クリスティーナはセレスティアの代わりに出席しマーティンの隣《となり》で微笑《ほほえ》み続けるだけでよかった。

クリスティーナの機嫌《きげん》を取るように、母親は猫《ねこ》なで声で告げてくる。

「そ、そうだわ。この前あなたの刺繍《ししゅう》の腕《うで》が話題になったのよ。エイムズ伯爵夫人がね、次のお茶会にはクリスティーナの刺繍入りのクロスを使いましょう、と仰っていたわ」

「えっ」

「あら、どうしたの？」

「い、いいえ。ですが、しばらくは刺繍をする時間がなさそうだなって」

「それもそうよね。巫女《みこ》に選ばれたんですもの。……けれど、エイムズ伯爵夫人は本当に楽しみにしているのよ？　少し無理をさせてしまうけれど、必ず作ってちょうだいね」

「も、もちろんですわ、お母様」

クリスティーナの背筋には冷や汗《あせ》が流れる。両親は末の娘の刺繍の腕が本物だと信じているけれど、実際には異母姉に作らせたものなのだ。

(大変だわ。セレスティアお姉さまがこの家にいるうちに、クロスを作らせなくっちゃ)

「お母様。今朝、セレスティアお姉さまがお出かけになるのを見ましたが。また神殿へ行っているのでしょうか」

「違《ちが》うわね。馬車で誰《だれ》かが迎《むか》えに来て出かけて行ったみたいね。あんなに辛気臭《しんきくさ》い顔をした子を誘うなんて、変わったお友達がいたものだわ。どうせ、平民でしょう」

「そう……ありがとうございます、お母様」

クリスティーナは無邪気《むじゃき》な微笑みを見せてから、別棟《べつむね》の異母姉の部屋へと向かったのだった。


その頃《ころ》の私はというと、街へと向かう馬車に乗っていた。

明日から『聖女』『神官』『巫女』の研修が始まる。

その準備のため『巫女』には専用のドレスが支給され、神殿直属の寮《りょう》に入ることになる『聖女』と『神官』には支度金が出された。

過去の人生ではまともに準備をしないまま神殿にお世話になることになってしまった。

一度目と二度目は家を追い出されて支度をする暇《ひま》がなく、三度目と四度目は支度金がクリスティーナのドレス代になった。

こんなにゆっくり家を出る準備ができるのは初めてのこと。別棟で育った私はある意味『箱入り娘《はこいりむすめ》』である。十五歳からは聖女としてループを重ねているけれど、神殿から指定されているような高級店でのお買い物には全然自信がない。

一体どうしたものか、と困っていると、なんとトラヴィスが私を街へと誘《さそ》ってくれたのだった。私は隣のトラヴィスに向き直り、頭を下げる。

「まさかお買い物に付き合ってくださるなんて。本当にありがとうございます」

「……気にしなくていい。大神官様に頼《たの》まれたのもあるが、セレスティア嬢《じょう》と出かけたら楽しそうだと思って」

今日、スコールズ子爵家に迎えに来てくれたトラヴィスは、最初の人生で出会ったときのように軽い口調で話しかけてきた。きっと、神官として接してくれているのだと思う。

それ自体に違和感はないけれど、最初の人生では見たことのなかった何となく甘い声色《こわいろ》に調子がくるいそうになるような……これって気のせい？

ちなみにトラヴィスは神官なので、聖女である私となら同じ馬車に乗っていてもお互《たが》いに不名誉な噂《うわさ》が立つことはない。

しばらくして私たちは神殿御用達《しんでんごようたし》の服飾品《ふくしょくひん》やドレスを扱《あつか》う店に到着《とうちゃく》した。扉の前に立つと、カラン、と鐘《かね》の音が鳴ってドアマンがお店の扉を開けてくれる。

ドアマンの佇《たたず》まいと好感度の高いさらっとした微笑みに足が竦《すく》む。普段《ふだん》、こんな対応には慣れていない。戸惑《とまど》って立ち止まると、トラヴィスが自然と右ひじを差し出してくれた。

あ、これは……エスコート、というものだ。

「……セレスティア嬢、どうかした？」

「い、いいえ、何でもないです」

思わず頰《ほお》が緩《ゆる》んだところを見られてしまって、私は慌《あわ》てて口を引き結んだ。

マーティン様はこんなに自然なエスコートをしてくださったことがないなとかそもそも私はこういう場面はお留守番だったとかいろいろなことを一旦《いったん》忘れ、そっとトラヴィスの右ひじに手を乗せる。

貴族にとっては当たり前の所作なのに、何だかくすぐったくてふわふわする。

そうして足を踏《ふ》み入れたお店の中はとても広かった。中央にはふかふかのソファとテーブルがいくつも並んでいて、その周りをぐるりとドレスや靴《くつ》などの商品が取り囲んでいる。

ちなみに、ソファには美しいブロンドのウエーブヘアの女性客が一人。

壁際《かべぎわ》に並んだ商品はどれもあくまで見本で、欲しいものを店員に相談して持ってきてもらうスタイルなのだろう。

「今日は何をお探しでしょうか」

洗練されたスーツを着た店員さんがトラヴィスに話しかけた、その瞬間《しゅんかん》。

「あ！　セレスティア・シンシア・スコールズ！」

ソファに座っていたブロンド美人にフルネームを呼ばれた。意外なことに声が野太い。

「バージル」

「トラヴィス様……!?　きょ、今日は何をお探しでしょうか」

トラヴィスの呼びかけで、偶然《ぐうぜん》にも先客は神官のバージルらしいと察する。そして、彼は一瞬《いっしゅん》で店員になった。

あらゆることを察知した本物の店員さんがすっと下がっていく。高級店のおもてなしてすごい。

「彼女が神殿《しんでん》に入る支度《したく》をしに来た」

「あら！　それならアタシがお手伝いいたしますわ」

バージルの目の前にはたくさんの箱が積まれている。自分のお買い物はすでに終了《しゅうりょう》、といったところなのだろう。

「聖女用のドレスは専用の布を使っていればどんなデザインでもいいのよね。アナタ、アタシが居合わせてラッキーよ」

バージルはそう言うと、ひらひらと手だけで店員さんを呼び寄せて奥の部屋へと消えてしまった。どうやら常連らしい。

私にあまりいい印象を持っていないはずのバージルだけれど、トラヴィスが声をかけただけで、あっという間に協力的になってしまった。

なんで。どうして。

困惑《こんわく》していると、手に分厚いカタログを積んだバージルが戻《もど》ってきた。まさか、一からオーダーメイドにするつもりでは……！

「あ、あの、バージルさん。神殿での研修が始まるまで時間がありませんし、私は既製品《きせいひん》を購入《こうにゅう》しようと……」

私の答えにバージルは眉《まゆ》を吊《つ》り上げる。

「いい？　女子が身に着けるものにどうでもいいなんてないのよ？　大体にしてアナタ、その格好で出てきたわけ？　仮にもトラヴィス様と一緒《いっしょ》なのよ？　デートみたいなものよ？　普通《ふつう》の女子なら、ごちゃごちゃに着飾《きかざ》ってみっともないわよもうちょっとアンタ引き算しなさいよ！　って怒鳴《どな》りたくなるはずなんだけど」

「え、ええと、気が済むのなら怒鳴ってください」

「どこに怒鳴れっていうのよ！　その味気ないドレスにすっぴんに適当にセットした髪《かみ》！　靴はヒールがすり減ってるじゃないの！　アクセサリーもネックレス一つ？　これ以上引いたら何にもなくなっちゃうわよ！」

反論の余地がない。

私はついこの前まで、たった二着だけのドレスを着回し、何のアクセサリーも持たず、外出時には異母妹《いぼまい》のドレスを借りてやり過ごしていたのだ。

「……アナタの侍女《じじょ》は相当に仕事嫌《ぎら》いかセンスがないのね」

「申し訳……ありません？」

当然私に侍女はいないけれど、とりあえず謝っておく。

私をソファに座るように促《うなが》すと、バージルは向かいに座ってカタログを広げた。

「アナタは背が低いし華奢《きやしや》だから、丈《たけ》が長いものはだめね。それから……もうすぐ十六歳にしては顔立ちが大人っぽいから、あまりかわいらしいデザインでもないほうがいいわ」

「は、はい」

「聖女用の服は魔力《まりよく》の干渉《かんしよう》を受けない特別な布でつくられるのよ。実用性重視で野暮《やぼ》ったいデザインのドレスを着ている聖女が多いけど、それは間違《まちが》っているわ。ルックスを磨《みが》かない聖女なんて、いまいち守る気がしないもの」

「は、はあ」

「はあ、じゃないわよ！　姿勢も淑女《しゆくじよ》の大切な身だしなみのひとつよ！　しゃきっとなさいしゃきっと！　ダサくて姿勢がブスなんて目も当てられないわ？」

ここは高級店なのに、結構ひどい罵倒《ばとう》を受けていると思う。

「セレスティア嬢はダサくないしすごくかわいいと思うが。バージルは目がおかしいんじゃないか？」

トラヴィスのフォローもフォローになってなくて私の傷を抉《えぐ》るだけ！　しかもかわいいって聞き間違いかな。こんなことを言う人ではなかったはずなのだけれど。

でも、一度目の人生でバージルと私の距離《きより》が縮まらなかったのは、やっぱり私が外見に無頓着《むとんちやく》すぎたからのようで。それにしても、一体この会話はどこへ向かっているのだろう。わけがわからない私は、このバージルと一緒に過ごした一度目の人生のことを何となく思い出していた。

一度目の人生。私は聖女との啓示《けいじ》を受けた直後にお父様の死を知った。

そして、喪《も》が明けないうちにスコールズ子爵《ししやく》家を追い出された。ついでに、マーティン様から婚約破棄《こんやくはき》の宣告もいただいた。

行き先――神殿、があったのは不幸中の幸いだった。ぼろぼろのまま神殿を訪《おとず》れた私はバージルとペアを組むことになり、雰囲気《ふんいき》で誤解は解けたものの、美容に関して私があまりにも興味がなかったために仲良くはなれなかった。

ちなみに妹のクリスティーナも巫女《みこ》として神殿に通っていた。向こうには同情が集まっているのを見て悲しい気持ちになっていたのは遥《はる》か昔の話。

『先見の聖女』は私のほかにもう一人いたため、私はトキア皇国に修行《しゆぎよう》に出してもらえることになった。トラヴィスと出会いつつ、そこそこ聖女としての経験を積んで、帰国。

帰国した後もなお私を『スコールズ子爵家の性悪《しようわる》な姉』という目で見る人は多かった。

その上、先見の聖女に求められる仕事の精度と重みといったら。

出来損《そこ》ない扱いされながら、私は彗星《すいせい》の到来《とうらい》を見た。やっと一人前になれた、と思ったら今度は流行《はや》り病の予知ができなかった。

継母《ままはは》がその流行り病に罹《かか》り、先見の聖女のくせに黙《だま》っていたなとクリスティーナとマーティン様に責めたてられ、階段から突《つ》き落とされて十五歳へと舞《ま》い戻ってしまった。

……最初から最後までひどくないですか？


「やっぱり、この人生が最悪だったわ。登場人物でいい人って、トラヴィスしかいない」

一人納得《なっとく》して意識を浮上《ふじょう》させると、ちょうどお買い物が終了したところだった。

「あら、帰ってきちゃったの。ずっとぼーっとしていてくれてもよかったのに。ドレスのデザインはもう決まったわ。聖女用だと言ったら、大急ぎで仕立てて三日後には神殿に届けてくれるそうよ。よかったわね」

「ありがとうございます、バージルさん」

「いいのよ別に。この世界からダサい聖女を一人消しただけのこと」

私も今のありがとうを取り消したい。

「でも……バージルさんは私にあまりいい印象がないんじゃないかと思っていました」

「まあ、最初はね!? でもアナタの様子を見ていればわかるわよ。異母妹をいじめ倒《たお》してスコールズ子爵家を牛耳《ぎゅうじ》る性悪女が、そんなもっさい格好でイケメンとお出かけして高級店の入り口でもたもたするわけないじゃない」

「……！」

言葉の意味を理解すると同時に、うれしさでつま先から頭のてっぺんまで熱が駆《か》け抜《ぬ》け

る。隣《となり》で微笑《ほほえ》んでいるトラヴィスの姿に、これは勘違《かんちが》いではないと確信した。バージルとは一度目の人生ではわかりあえなかった。けれど、誤解が解けて味方が増えたみたい。

スコールズ子爵家に戻った私はいつも通り別棟《べつむね》の自分の部屋へ向かった。扉《とびら》に手をかけると、なんだかしっくりこない感じがした。

簡素な部屋を見回す。固い木のベッドに、クローゼットがわりの木の箱、ぺっしゃんこの絨毯《じゅうたん》、火が入っていない暖炉《だんろ》。本当に殺風景な部屋でも、いつもより雑然として見える。

どうやら私の不在中にこの部屋に誰《だれ》かが入ったらしい。盗《と》られて困るようなものは何もないけれどどうして。

開けっ放しになっていた机の引き出しを覗《のぞ》いてみると空っぽだった。

「たしか、ここにはマーティン様からのお手紙を入れておいたはず」

『話せばわかる』『クリスティーナとの関係は誤解だ』『セレスティアっていい名前だね』と綴《つづ》られた手紙はひどいと朝と夕方の二回送られてくる。

しょうもない落書きを運んでくるメイドの身にもなってほしい。

「持っていったのはクリスティーナ以外にいないわ。本当にありがたいことね」

ゴミの回収に感謝していると、ベッドの上に薄手《うすで》の布が置かれていることに気がつく。

色は淡《あわ》いクリーム色で手触《てざわ》りは滑《なめ》らか。光沢《こうたく》の具合から見てこれは間違いなく上質な絹でつくられた布だった。

布を広げるとぱさりとメモが落ちた。

今度のお茶会で使うテーブルクロスだからよろしくたくさんの糸を使って豪華《ごうか》に仕上げてよね

「本気なの？　これ……」

私はマーティン様に婚約破棄を告げた。それはマーティン様の行動に問題があるからだけれど、クリスティーナだって少なからずその原因にはなっている。

それなのに、いつもと同じように刺繍《ししゅう》をさせようだなんて。

「……」

少し考えてから、私は神殿《しんでん》に持っていくバッグの中に絹の布を入れた。刺繍はしてあげようと思う。けれど、どんな形で渡《わた》すかは私に任せてほしい。

「――この世界に存在する『魔法《まほう》』は主に身を守り戦うためのものじゃ。だからこそ、聖女が使う聖属性の魔法は特にめずらしいものとして知られ、大切にされているのじゃ」

「……」

翌日。大神官様のありがたいお言葉を私は神殿に併設《へいせつ》された講堂の一番前の席で聞いていた。背中に突き刺《さ》さる巫女たちからの視線が痛い。たぶん、その中にはクリスティーナもいるはずだった。

壁際《かべぎわ》に目をやると、これまでの人生の相棒だったバージル、シンディー、ノア、エイドリアンの四人が並んでいるのが見える。他《ほか》にも上級の神官の姿が複数あった。

今回研修を受けるのは、神官が七人、巫女が十五人、聖女は私一人。

全員が泊《と》まりがけで行うこの初期研修を終えると聖女と神官だけが寮《りょう》に入り、本格的に神に仕える暮らしが始まるのだ。

この人数比では圧倒《あっとう》的に神官が余ってしまうので、聖女と組まなかった神官はサポートに回ることになる。

ちなみに、啓示の儀《ぎ》で神に仕える資格を得られるのは貴族だけではない。私の『同期』は二十二人いるけれど、その中の半分は平民出身だ。それなら半分は継母がばら撒《ま》いた悪評を知らないかと思えばそうでもなかった。

「……これで最初の講義は終わりじゃ。各自レポートを提出するように」

大神官様のありがたい講義を聞き終えて立ち上がった私の前に、ずらりと同期の巫女たちが並んだ。巫女というだけあって全員が女子。ちなみになぜか聖女も女子だけ。

話を戻《もど》したい。私の進行方向を塞《ふさ》いだ彼女たちの雰囲気は結構険悪で、私に何かを言いたいのは容易に想像できた。

大神官様、皆《みんな》、神に仕える同志として協力しろというさっきの講義を聞いていなかったみたいですよ……！

とりあえずこの場面がどんなことに繋《つな》がるかを知っている私は、先手を打つことにする。

「セレスティア・シンシア・スコールズと申します。神に仕える同志として、どうぞよろしくお願いいたします」

「はっ……？」

私の反応が予想外すぎたのか、先陣《せんじん》を切っていた少女――アンナはぽかんと口を開けた。

最初の人生、私はこの場面をうまく乗り越《こ》えられなかった。巫女たちの嫌《いや》がらせは大神官様の知るところとなり、結果、数人の巫女が神殿を去った。

その中には平民から巫女に上がり、家族を養うことを期待されていた子もいたらしい。

『聖女』がいかに特別な存在なのか、自分の振《ふ》る舞いひとつで人の運命が変わることを知った瞬間《しゅんかん》でもあった。だから、ここで事を荒立《あらだ》ててはいけない。

「後ろにいるのは私の妹のクリスティーナですね。皆さん、初日から仲良くしてくださってありがとうございます」

十五人の巫女《みこ》たちがざわりとして、集団の後ろにいるクリスティーナへの道が開く。

まさか、性悪と評判の姉からこんな穏《おだ》やかな言葉が出るとは思っていなかったのだろう。

「！　セ、セレスティアお姉さま」

「ふふっ。クリスティーナ。この前お願いされた件、きちんと仕上げますから安心してね」

「！」

暗にテーブルクロスへの刺繍の話を持ち出すと、クリスティーナは唇《くちびる》を噛《か》んで踵《きびす》を返した。それを巫女たちがぱたぱたと追っていく。

見事な茶番を見届けた後で、バージルがすすすと近寄ってきた。

「なんか……アナタの妹ってヤバイわね？」

「はい。ルックスは華《はな》やかで女の子らしくて天使なのですが。中身に問題があるのです」

「あることないこと言いふらされて、それでもニコニコしてるアナタえらいわぁ。初めて会ったときには噂《うわさ》通りのイケメン好きが来たと思ったけど」

それは継母がばら撒いた噂話ではなくバージルが抱《いだ》いた印象に違《ちが》いなかった。

この前はわかりあって仲良くできると思ったけれど、間違いだったかな！

神殿での初期研修は二日目以降、役職別に行われる。同期に聖女はいない。つまり、私の研修は一人きりだった。研修四日目ともなると緊張感に欠け始めるのも仕方がないと思う。

「まさか大神官様直々とは」

「何か言ったかのぅ」

「いいえありがとうございます」

過去のループでは、私と同じ能力を持つ聖女の先輩《せんぱい》が見てくれたはずだった。けれど、今回はなぜか大神官様が直々に見てくださっている。意味がわからない。

「ふむ。能力鑑定《かんてい》のときにも思ったことじゃが、セレスティアは随分《ずいぶん》と呑み込みが早いのう。普通《ふつう》なら十日かかるところをその半分で終わりそうじゃ」

「わぁ」

五回目ですので。けれどありがとうございます。

大神官様に笑《え》みを返してから、私は開け放たれたテラスの外に目を向ける。眩《まぶ》しすぎる太陽の光が昨夜遅《おそ》くまでクロスに刺繍をしていた目にしみた。

クリスティーナに刺繍を押し付けられたクロスを使用するお茶会は初期研修が明けた翌日に催《もよお》されるらしい。

今回は刺繍の柄《がら》にちょっとした意趣返《いしゅがえ》しをしのばせているので何とか間に合わせたいところだった。けれど、眠《ねむ》い。

「今日はいいお天気じゃのう」

「ええ、本当に」

大神官様は偏見《へんけん》をお持ちにならない方だ。社交界のごたごたには興味がない。

神殿のトップがこういうお方で本当によかったと思う。

「その聖女用のドレスはトラヴィスと一緒《いっしょ》に仕立てに行ったものか」

「はい。街に案内していただきました。偶然《ぐうぜん》バージルさんも居合わせたので、デザインを考えていただいて」

「ほう。よく似合っているな」

「ありがとうございます、大神官様」

この前街で仕立てたドレスは、びっくりするほど素敵《すてき》なデザインだった。

色は、聖女らしい淡いライラック。デコルテが少しだけ出るようになっているものの、首と肩回《かたまわ》りにはしっかりと布があり、目立たなくても上品な刺繍がほどこされていた。

スカートの裾《すそ》は二重の造りになっていて、ふわふわとしていてかわいい。

「バージルと言えば、この前、わしのところへ来て面白《おもしろ》いことを言っていたのう」

「面白いこと、でしょうか……?」

「ああ。聖女・セレスティアと組ませてほしい、と」

「ごほっごほっごほっ」

聞いていないですバージルさん！

呼吸を整えた私は大神官様を引きつった顔で見上げる。

「それは……本当でしょうか？　全然信じられないのですが」

だって、あのバージルだ。一応は『異母妹《いぼまい》をいじめるひどい姉』の誤解が解けたものの、私の美容に対する意識を全面的に否定し、口を開けば憎《にく》まれ口ばかりのバージル。

ちなみに一度目の人生ではわりと本気で異母妹のほうが好きだったと思う。まあそれは仕方がない。向こうのほうがぴかぴかキラキラでかわいいのだから。

「冗談《じょうだん》には見えなかったのう。セレスティアはトラヴィスと組みたいと言っておったし、とりあえず保留にしたところじゃ」

「……」

この人生の私は、過去四回の人生で関《かか》わった神官たちと距離《きょり》を置くはずだった。皆私にいい印象を持っていないし、関わらないほうがお互《たが》いのためだ。

だから、私はトラヴィスに相棒になってほしいとお願いしたのだ。

それなのに……バージル？

唖然《あぜん》としていたら、思わぬ質問が飛んできた。

「セレスティア。神官といえば、トラヴィスはどう見える？」

「はっ……はい……」

なぜこんなことを聞くのかな……。

一度目の人生の印象では、とても優《やさ》しくて強くて何でも知っていて頼《たよ》りになって友達想《おも》いの、誰《だれ》よりも大切な友人。けれど今は。

「えーと、普通にいい人、でしょうか」

「だそうじゃ、トラヴィス」

「!?」

振り返ると、テラスの外にはトラヴィスがいた。

「悪い、聞くつもりはなかったんだ。近道をしようとここを通ったら、セレスティア嬢《じょう》と大神官様の話し声が聞こえて」

「そそそそうでしたか！」

変なことを言っていなくてよかった。慌《あわ》てて椅子《いす》から立ち上がった私に、彼の視線が留まる。

……何だろう？

「……すごく似合ってる」

そう言うと、トラヴィスは口元を押さえて固まってしまった。

それが何に対する褒《ほ》め言葉なのか察した私は、一気に耳まで染まる。

待って。褒めるにしても、もっとほかに何か言ってほしい。かわいいとか綺麗《きれい》とか、このドレスは君のためにあるとか、もっとお世辞だってきちんとわかる歯の浮《う》くような言葉を。だって、その表情……本気で言ってるってわかります！

お互いに赤くなって固まってしまった私たちに、大神官様はのんびりとあくびをしながら告げる。

「もうすぐお昼の時間じゃ。二人で昼食でも摂《と》ってきなさい」

……ええっ？　この雰囲気《ふんいき》のまま、私たちだけにしないでほしい。


お昼には少し早い時間の食堂は、ガラガラに空いていた。

「神殿《しんでん》の食堂って各国のメニューが豊富ですよね」

「外国から来ている人も結構いるからな。ここに国の違いは存在しない」

そんな話をしながら、私とトラヴィスは料理を取って席に着く。

私はポタージュスープにパン。

クリスティーナに頼《たの》まれた刺繍《ししゅう》を徹夜《てつや》でこなしたせいで、お腹《なか》が空かない。

「……それだけ？」

「あ、はい。実は少し寝不足《ねぶそく》で」

そう答えると、彼の表情が曇《くも》った。

「困ったことがあったら何でも言って。どんなことでも力になる」

きっと、継母《ままはは》のまき散らした噂《うわさ》で私が落ち込んでいると思っている気がする。まさかただ夜ふかしのしすぎだなんて言えなかった。

それにしても、トラヴィスの微笑《ほほえ》みと声色《こわいろ》が甘い。とんでもなく甘い。気を抜《ぬ》くとまた赤面しそうになるので私は気を引き締《し》める。人を好きになるイコール死。心の中に、もう一度刻み込む。

私が知っている彼は……こんなんじゃなかったような。友人である『セレスティア』にとっては優しく頼れる存在だったけれど、こんな風に出会ったばかりの同僚《どうりょう》に心を許すタイプではなかったのにな。

この人生で出会ったときからずっと感じていた疑問を投げかけてみる。

「あの……トラヴィス様はどうしてこの神殿にいらっしゃるのですか」

「ん？　もちろん、神官の力を持っているからだけど？」

「でも、あの」

私は言葉に詰《つ》まる。

だって、私はトラヴィスとトキア皇国で出会ったのだ。その時の彼は、私がルーティニア王国から来たと聞いても顔色一つ変えなかった。

それに、これまでの人生でもこうして研修を受けたけれど、彼の姿は見たことがなくて。

……ということは、本来はトキア皇国にいるはずなのだろう。

でも人生に絶対などない。誰かの決断が変わればそれが波及《はきゅう》していろいろな結果に影《えい》響《きょう》する。身をもって私はそれを知っている。

「聖女様、ごきげんよう」

私たちが着いているテーブルの真横に人の気配がして顔を上げると、この前のアンナがいた。巫女《みこ》グループの午前中の研修が早めに終わったのだろう。

「アンナさん、こんにちは」

「お名前をお呼びいただくまでもないですわ。巫女殿《どの》、とお呼びくださいませ」

刺々《とげとげ》しい言い方に悲しくなる。アンナの向こうにはほかの取り巻きの陰《かげ》に隠《かく》れるクリスティーナが見えた。

そっか、少しは誤解が解けたかもしれないと思ったけれど、現在進行形でさらなる悪評が広まっている可能性が濃厚《のうこう》だった。

「聖女様への取次は私が承《うけたまわ》ります」

「！」

立ち回りに悩《なや》んでいるとトラヴィスが神官らしく立ち上がり、アンナからクリスティーナまでが一斉《いっせい》に息を呑《の》む気配がする。

そう、聖女の数は少ない。私はこんな扱《あつか》いだけれど、本来はわりと神々《こうごう》しい地位にいるはずの人間なのだ。

「どんな御用《ごよう》でしょうか？」

「あ、あの。今度お茶会があるので、その招待状を預かってまいりました」

「お出ましになるかは聖女様がお決めになります。私が受け取りましょう」

トラヴィスはにこやかに対応しているように見えるけれど、有無《うむ》を言わせない物言いに私まで縮こまる。美形の威圧《いあつ》的な振《ふ》る舞《ま》いってこわい。怯《ひる》んだアンナは、私ではなくトラヴィスに招待状を手渡《てわた》した。

というか、お茶会。マーティン様やクリスティーナのおまけとして数回しか参加したことのないお茶会。この場で断りたい。全力で断りたい。

辞退のタイミングを窺《うかが》っていると、異母妹が一歩進み出た。

「あの……。セレスティアお姉さま。このお茶会はエイムズ伯爵《はくしゃく》夫人主催《しゅさい》のものなのです。私はクロスに刺繍をしていますし、皆《みな》さま心を込めて準備をなさっています。もしいらっしゃるのなら、きちんと準備をなさってくださいませ」

「……わかりましたわ」

なるほど、行こう。

このお茶会は私が今寝不足になりながら刺繍しているクロスが持ち込まれるものらしい。

願ってもない展開に決意を翻《ひるがえ》した私に、クリスティーナは追い打ちをかけてきた。

「このお茶会にはドレスコードがあります。エイムズ伯爵夫人はライムグリーンのアイテムを何かひとつでも身につけてくるように、と仰《おお》せです。セレスティアお姉さまなら、ドレスなんかがいいかもしれませんね」

……ドレスコード？　とにかく、バージルに相談しなきゃ。

「ということで、お茶会当日のコーディネートをご相談してもよろしいでしょうか」

「アンタ、本当に世話が焼けるわね⁉」

「……私の相棒にと申し出てくださったバージルさんだったら、きっと助けてくれると思ったのですが」

「なっ……何言ってんのよアンタ！　相棒にって申し出たのも、ただこの世界にダサい聖女が存在するのが許せないだけよ⁉　勘違《かんちが》いしないでちょうだい」

と言いつつも、バージルはドレスと装飾品《そうしょくひん》のカタログを楽しそうに眺《なが》めてくれている。きっと数日後には、神殿御用達《ごようたし》の高級店からドレス一式が届くと思う。

ちなみに、聖女にはきちんとお給金が出る。だから予算の心配もない。

「ドレスコードはライムグリーンなのだそうです。よろしくお願いします」

「エイムズ伯爵夫人主催、ねえ。……そのドレスコードありえないんだけど？　誰《だれ》が誘《さそ》ってきたのよそれ」

「私の妹のクリスティーナです。ライムグリーン、はどうしてありえないのですか？」

「まぁ、話せば長くなるししんみりもするしクリスティーナ嬢《じょう》の性格の悪さに思いっきり引くだろうから、今は知らなくていいわ！　でも大丈夫《だいじょうぶ》よ。ドレスだけじゃなく当日のエスコートもアタシにまかせて。継母と異母妹《いぼまい》をぎゃふんと言わせてやりましょう」

ぎゃふんですか。

それよりも、バージルがエスコートを引き受けてくれたことが本当にありがたい。こういうお茶会へは男性のエスコートなしには参加できないのだ。

せっかくなら私が寝不足でつくるクロスの行く末をこの目で見たい。バージルがエスコートしてくれると言ってくれて本当によかった。

——このときは、そう思っていた。

お茶会の日、バージルが手配してくれたドレスはライムグリーンではなく淡《あわ》いピンクをベースにしたものだった。どうして、と思ったけれど、バージルの口振《くちぶ》りから察するにライムグリーンにはクリスティーナの策略が含《ふく》まれていそうだ。

神殿《しんでん》前の馬車回しに向かうと、そこには神殿のものではない豪奢《ごうしゃ》な馬車が停《と》まっていた。バージルのお家のもの？　と気になって覗《のぞ》き込んだ私を待っていたのは。

「セレスティア嬢」

「……！」

なぜかトラヴィスだった。

いつもの軽装ではなく、盛装姿だ。袖口《そでぐち》から覗くカフスボタンやチーフのひとつまで洗練されていて、まるで絵画から出て来たかのように美しい。彼のこんな姿、見たことがなかった。

「行こうか」

「どうして、」

「今日の立ち回りは、バージルから聞いてる」

私は何も聞いていませんけれども。待って。今日のエスコート役はトラヴィス、ってこと……？　華やか仕様の彼の隣《となり》に並ぶ自信がありません！

私の心の叫《さけ》びは誰《だれ》にも届くことがなかった。トラヴィスはエイムズ伯爵邸《はくしゃくてい》へと向かう馬車の中、私の格好を死にたくなるほど大袈裟《おおげさ》に褒《ほ》めちぎってくれた。

上品な色合いが私にぴったりだとか見違《みちが》えたとかもっといろんなドレスを着ているところが見たいとか想像以上に美しくて驚《おどろ》いたとかどんな華《はな》やかな花も君には勝てないとかその他いろいろ。

ついでに、バージルのセンスとブロンドヘアの美しさまで。彼に聞かせてあげたかった。

ここまで褒めてくれるなら、こちらとしてもお世辞を受け取ったと割り切れて心穏《こころおだ》やかなのに。どうしてこの前の聖女用ドレスのお披露目《ひろめ》のときにこの技《わざ》を使ってくれないのかな。

そんなことを思いながらトラヴィスの顔を見上げると、彼は驚くほど優《やさ》しい視線を向けてくる。

「……今日は、セレスティアって呼んでもいいか？」

「!? はっ……はい」

「そっちの方が親密な雰囲気《ふんいき》が出るからな」

このお茶会に親密さは必要なのかな。そこに一体どんなメリットが？

本気で首を傾《かし》げた私だったけれど、トラヴィスは全く気にしていない様子で。まるで鼻歌でも聞こえてきそうな上機嫌《じょうきげん》っぷりだった。もちろん実際には聞こえてこないけれど。

ところで、今日のお茶会はガーデンパーティーで、賑《にぎ》やかなものだ。サロンでのかしこまったお茶会とは違いたくさんの招待客がいるらしい。

正直なところ、お茶会なんて慣れていない。聖女としては五人分の魔力《まりょく》を溜《た》め込んでいるけれど、貴族令嬢《れいじょう》としての私は半人前以下なのだ。

でも、今日は五回目の人生にして初めてクリスティーナに仕返しをする日。震《ふる》えてはいられない。

「セレスティア嬢が持っている……その包みは何？」

「これは今日の主催者《しゅさいしゃ》にお渡《わた》しするクロスです。異母妹の代わりに繍《ぬ》ったものなのですが

「……少しお行儀《ぎょうぎ》の悪いことをするかもしれません。先に謝っておきます」

「お行儀の悪い、か。俺とバージルも同じだから安心していい」

「？」

バージルはともかく、トラヴィスのお行儀が悪い？　何をするにもスマートなこの人が、そんな振る舞いをすることはないと思う。意味がわからなかったけれど、追及《ついきゅう》する間もなく馬車は目的地へと到着《とうちゃく》してしまった。

馬車から降りると、トラヴィスはこの前聖女用の服を選びに街へお出かけしたときのように右ひじを差し出してくれた。そこにそっと軽く手を預ける。

「行こうか」

「はっ……ひゃい」

盛大に噛《か》んだ私を穏《おだ》やかに見下ろす笑顔《えがお》は、最初の人生で見たものと錯覚《さっかく》してしまう。

少しだけ足の震えが治まって、緊張《きんちょう》が解ける気がした。

昨日バージルに教えてもらったところによると、エイムズ伯爵夫人は社交界で有名なお方らしい。これは、ずっと家に引きこもっていた私には全く縁《えん》のない情報で。バージルに相談して本当によかったと思う。

緊張に耐《た》えながら、私はトラヴィスのエスコートでエイムズ伯爵邸の石畳《いしだたみ》を歩く。

ほかの招待客たちがなぜかこちらに注目している雰囲気があるのは、きっと私の隣にトラヴィスがいるからなのだろう。彼はどこに行っても目立つ人だ。

おかげで、お屋敷《やしき》のエントランス前で一人一人と挨拶《あいさつ》を交《か》わしていたはずの主催者まで私たちの前にすっ飛んできてしまった。

うん、すっ飛んで……え、どういうこと？

状況《じょうきょう》が把握《はあく》しきれない私の視界の隅《すみ》には、マーティン様の腕《うで》を掴《つか》むクリスティーナの姿が見える。

実は、クリスティーナからはお茶会へ向かう時間までにクロスをスコールズ子爵《ししゃく》家まで届けてほしいと言われていた。

けれど、私はそれを無視した。

私が継母《ままはは》と異母妹に逆らうことはなかったからこその命令なのだろうけれど、人生五回目の私がそれに従うはずもなく。クリスティーナはきっと怒《おこ》っているだろうな。

「ご無沙汰《ぶさた》しております、トラヴィス様。随分《ずいぶん》とご立派になられまして……」

主催者であるエイムズ伯爵夫人は、バージルが好きそうな上品で美しいご婦人だった。

思わず見とれてしまいそうになったけれど、その口振りに違和《いわ》感《かん》を覚える。

随分とご立派に、って。トラヴィスの昔からのお知り合い……？

「お久しぶりです、エイムズ伯爵夫人。今日はどうぞトラヴィス、とお呼びください」

「……承知いたしました。どうぞお寛《くつろ》ぎくださいませ」

何だか意味深なトラヴィスの挨拶が終わると、私の番だった。

明らかに値踏《ねぶ》みをするような視線がこちらに向けられて、私は目を瞬《まばた》く。

「セ……セレスティア・シンシア・スコールズと申します。本日はお招きいただきありがとうございます」

「あら。あなた、スコールズ子爵家のセレスティア嬢だったのね。あなたのお母様のことは私も知っているわ」

「……ありがとうございます」

「それは何かしら？」

エイムズ伯爵夫人が指差したのは、私がこれ見よがしに持っていたクロスだった。それに気がついたクリスティーナが声をあげる。

「それ！　私の刺繍《ししゅう》をセレスティアお姉さまが持ってきてくださったのですわ」

「……妹への届け物です」

「ありがとうございます、お姉さま！」

クリスティーナは私の手もとから強引《ごういん》にクロスを取り上げる。

同時に耳元で「クロスを持ってくるのが遅《おそ》いのよ！　時間に間に合わないなら事前に連《れん》絡《らく》するのがマナーでしょう？」とまくしたてられる。

相変わらずすぎませんか？

呆気《あっけ》にとられる私の目の前で、クリスティーナはクロスをふわりと広げた。

そこに現れたのは、クリーム色の布地に金と銀の刺繍糸で丁寧《ていねい》につくられた模様たち。

「皆《みな》さま、ご覧くださいませ！」

「まあ。噂《うわさ》通り、クリスティーナ嬢《じょう》の刺繍の腕前《うでまえ》は素晴《すば》らしいわね」

「ありがとうございます！　色合いは控《ひか》えめですが、上質な糸をふんだんに使って華やかに仕上げました」

「この柄《がら》は何？」

「え……と、花です。春になるとうちの庭に咲《さ》くお花で。とても綺麗《きれい》なので、このお茶会に一足早くお届けしようと」

「これは？」

「ええと、鳥ですね。幸せの象徴《しょうちょう》です」

「……この鎖《くさり》模様は何？」

「蔦《つた》ですわ。周囲にめぐらせて、アクセントに」

クリスティーナの答えを聞きながら、エイムズ伯爵夫人の表情がだんだんと曇《くも》っていく。

そして、私も少し申し訳ない気持ちになる。

やはり少し意地悪をしすぎたかもしれない。だって、これは。

「わかったわ。けれど、この刺繍を持ってくるなんてスコールズ子爵家はどういうつもりなのかしら？」

「え？」

「この模様……本当にあなたが考えて刺繍したものなの？」

「は……はい！　もちろんですわ！」

庭がざわざわとし始めた。

エイムズ伯爵夫人の言葉が何を意味するのか周りの出席者も理解しつつあるようで。

「この刺繍は神話を元にしているわね」

「え？　神話ですか？」

「この神話を語ることが許されるのは、聖女と神官だけよ。こんなに神聖なものを無許可で私のお茶会に持ち込むなんて。恥《はじ》を知りなさい」

「そ……そんな、どういう」

冷たく言い放ったエイムズ伯爵夫人の前で、クリスティーナの肩《かた》が震えている。

そう。私が大きなクロスいっぱいに刺繍したのはこの国の始まりを表した神話だった。

一定以上の教養を備えた人なら誰《だれ》でも知っている内容だけれど、書き記すことは固く禁じられ口承で受け継《つ》がれている。それほどに神聖なものなのだ。

私はこの神話の内容を聖女になってから知った。スコールズ子爵家の家庭教師は暗唱ができなかったから、クリスティーナも絶対に知らないと思う。

これが私の意趣返し《いしゆがえ》。クリスティーナに『これは自分が刺繡したものではない』と言わせるための。そして、狙《ねら》い通りクリスティーナは涙《なみだ》を浮かべて顔を歪《ゆが》ませる。

「ち、違《ちが》うのです。この刺繡……実は私ではなくクロスを持ってきたお姉さまがしたもので」

「クリスティーナ嬢、何を仰《おつしや》っているのかしら？　先ほどまで自分の作品だと仰っていたわよね？」

「あの私、その神話のことを知らないですし……。とにかくこれはお姉さまの作品なのです。私がこんな大それた模様を縫《ぬ》うはずがないではないですか！　ね、お母様！」

「そ、そうだったのね。クリスティーナ。あなた巫女《みこ》の研修で忙《いそが》しかったもの、仕方がないわ。それにしてもセレスティアはもう少しお勉強なさい。この刺繡も……よく見れば糸の始末がガタガタな気がするわ！」

べた褒《ぼ》めだったのに、急に貶《けな》し始めた継母に脱力《だつりよく》する。

まぁ、それもクリスティーナが縫ったものだと思っていたからこそなのだろうけれど。

「ですが……セレスティア……嬢、も神殿《しんでん》での研修中だったのでは」

エイムズ伯爵家の庭に『クリスティーナを守る会』筆頭だったはずの、アンナの困惑《こんわく》した声が響《ひび》いて、しんとした。

やっぱりやりすぎてしまった。これでは主催者《しゅさいしゃ》の顔を潰《つぶ》したも同然で。……どうしよう……。

「そろそろいいでしょうか」

その静けさを破ったのはトラヴィスだった。

「彼女は、神殿が手厚く保護する聖女です。私は神官として聖女に仕えているのでここに参りました。セレスティア様。このクロスをつくられたのはあなたでよろしいですね」

助かったとばかりに、私はこの後説明しようとしていたことを続ける。

「はっ……はい。このクロスには、ルーティニア王国の起こりを示す神話を刺繍しました。もちろん、聖属性の魔力《まりょく》を含《ふく》ませています。聖女には神話を語ることが許されていますので決して礼を欠いた品ではございません。飾《かざ》っていただくと、家をお守りするかと」

「まあ！　それなら意味が全く違ってくるわ。スコールズ子爵家からは神殿に仕える息女が誕生したと伺《うかが》っていたけれど……セレスティア嬢、あなたもだったのですね」

「はい」

にっこりと微笑《ほほえ》んでみせると、エイムズ伯爵夫人は私の手を取ってくださった。

「それならそうと仰ってくれればよろしいのに。……トラヴィス？」

「誤解を解くのにちょうどいい機会だと思ったのです。この聖女を守る者として。……ところで、そちらのクリスティーナ嬢とアンナ嬢からは今日のドレスコードがライムグリーンと聞いていましたが、お間違《まちが》いないでしょうか」

「！」

トラヴィスが笑顔《えがお》で放った言葉に、クリスティーナとアンナが震《ふる》えあがる。

実は、私も馬車に乗ったときから気がついていた。トラヴィスの胸ポケットにはライムグリーンのチーフが見えていることに。

けれど、私が着ているドレスや小物には何ひとつとしてライムグリーンが使われていなくて。意味深なバージルの微笑みを思い出すと、これは異母妹《いぼまい》からの罠《わな》だったのだろう。

目を泳がせたクリスティーナはアンナに同意を求める。

「そんなこと……ねえ？　アンナ様」

「あっあの……その」

さらに挙動不審《ふしん》になった二人をエイムズ伯爵《はくしやく》夫人が睨《にら》みつけた。

「ライムグリーン？　……おかしいわね。トラヴィス、あなたも知っているでしょう？　この家でのライムグリーンの扱《あつか》いを」

「はい、もちろんです」

「この家でライムグリーンは喪服《もふく》の色と同じよ。十年前に、精霊《せいれい》が去ってから」

ルーティニア王国の高位貴族には精霊の加護を受けている家が多い。

精霊は守り神のような存在で、動物や鳥の外見をしていたり、見た目は小さな子どもだったり、さまざまだ。

ちなみに、スコールズ子爵家《ししやく》にはいない。あの家のことを思えば当然だけれど。

「うちの精霊は鳥の外見をしていたのよ。鮮《あざ》やかなライムグリーンのね。この家をずっと見守ってくれていたのだけれど……。十年前から見かけなくなってしまったの」

なるほど。だからエイムズ伯爵夫人はライムグリーンを見たくないのだろう。悲しそうな夫人の表情を見て、深く考える前に私の口は動いていた。

「あの。その精霊さんがどこで何をしているのかお調べしましょうか」

「……どういうことかしら？」

「私、『先見の聖女』の力があるもので。その力を使って未来を見れば、わかると思います」

「聖女様の貴重なお力を我が家個人の事情でお借りするわけにはいかないわ。神殿に籠《こも》って禊《みそぎ》をし、何日も祈《いの》った末に見られるものと伺っております」

確かに『先見の聖女』が未来を見るのはとても大変なこと。

たくさんの聖属性の魔力を消費するため、泉で身を清め専用の部屋に籠って細心の注意を払《はら》った上で行われる。それでいて本人が未熟だと、失敗した上に気絶して数日間目覚めなかったりする……のだけれど。

「恐《おそ》らくなのですが……そこまで苦労せずに見られると思います。その精霊さんのものを何かお借りできますか？　十年前ということなので難しいかもしれませんが」

「もちろんありますわ……しかし」

エイムズ伯爵夫人に視線を送られたトラヴィスは、少し考えてから私に向かって頷《うなず》いた。

「セレスティア。危なそうだったら止めるから」

「はい。でも大丈夫《だいじょうぶ》とは思います」

私にはループ五回分、聖属性の魔力が蓄《たくわ》えられているのだ。

ほかの人生で授《さず》かった聖女の力を使えると気がついたのは、四回目のループの終わりぐらいだった。だから、私も『先見の聖女』の力を使うのは一回目の人生以来のこと。

でも、焦点《しょうてん》を定めればほしい答えは簡単にわかる。そんな気がした。


庭ではお茶会が続いているけれど、私とトラヴィスはサロンへ案内された。

サロンには大きな窓があって、ガーデンパーティーが続く庭の様子を見渡《みわた》せる。

クリスティーナと継母《ままはは》は端《はし》のほうに影《かげ》を背負って座っていて、クリスティーナをエスコートするはずのマーティン様はそこから距離《きょり》を置いてなぜか私を気にしている。

こっち見ないで？

それにはトラヴィスも気がついた様子だった。

「一人、面倒《めんどう》そうな男がいるな」

「え？　……ああ、マーティン様のことですね。私の元婚約者《こんやく》の」

「あれがそうなんだ？」

「はい。あれが巷《ちまた》では『性悪《しょうわる》な姉が異母妹いじめのために無理やりクリスティーナから奪《うば》い取り、婚約者の座に据《す》えた』といわれているマーティン様です」

「なかなかすごいな」

「ですが、クリスティーナへの意趣返しについては少しやりすぎてしまったかも、と」

「どこが？　……誰《だれ》かを傷つけるのに、同じだけの代償《だいしょう》を負う覚悟《かくご》がなかったのが悪い」

そういうものなのかな。サラッとフォローしてくれたトラヴィスのおかげで、罪悪感が少しだけ軽くなった気がする。そこにエイムズ伯爵夫人が戻《もど》ってきた。

「これを。我がエイムズ伯爵家の精霊が使っていた食事用の器《うつわ》ですわ」

私の手のひらにのせられたのは、ころんとした陶器《とうき》製のエサ入れだった。

この家の精霊は鳥の姿をしているというから、こんな形をしているのだろう。

早速《さっそく》、私は目を閉じて器に聖属性の魔力を流す。すると、この器に残された精霊の記憶《きおく》が少しずつ見えてきた。

家族から「ライム」と呼ばれている記憶。砂嵐《すなあらし》のような視界に映る、ライムグリーンの羽。呼びかけに応《こた》えて繰《く》り広げられる会話。

そっか。エイムズ伯爵夫人は守り神としての精霊の話をしていらっしゃったけれど、実際は違《ちが》うようで。

この「ライムちゃん」の記憶を遡《さかのぼ》ると、彼は大切な友人であり家族だった。

ここまで見ても、私の聖属性の魔力はほとんど減っていない。五回目の聖女すごい、と思いながら私はそこから未来へと針を動かす。

目を閉じた先に映る風景に、ざあざあとした雑音がさらに混ざりはじめる。見えたのは、屋敷《やしき》内の埃《ほこり》っぽくて暗い屋根裏。不満を抱《かか》えつつ、誰かを待ちわびる感情。

そして、急激に明るくなる。……ん？　これって。私は先を見るのをやめて目を開けた。

「あの。つかぬことをお伺いしますが……十年前、ライムちゃんって誰かと喧嘩《けんか》をしたりしましたか？」

「ええまあ……。すごいわ。私、名前も伝えていないのに」

「ライムちゃんがいなくなったのは、その喧嘩が原因と存じます」

「では、そのせいで出て行ってしまったのね」

「あの……出て行っては……いないかと……」

「え？」

少し、気まずい。

過去、精霊に最も安易な名前を付けたであろうエイムズ伯爵家。それを受け継《つ》ぎ続ける女主人は首を傾《かし》げた。

「恐らくここだと思います」

私がエイムズ伯爵夫人にお願いして連れてきてもらったのは、お屋敷の三階の端にある天井裏《てんじょううら》への入り口だった。

「まさかこんなところに……？　だって、十年間よ。精霊の命が尽《つ》きることはないと言われているけれど、何も食べず閉じこもっているなんてどう考えてもおかしいわ」

ですよね。私もまさかこんなことになろうとは。

せっかく『先見の聖女』として扱ってもらっているのに導き出した答えがこれでは、威《い》厳《げん》も神聖さもあったものではない。

私だってもう少しそれっぽい答えを出したかった、と思っているとトラヴィスが助け船を出してくれた。

「精霊の体内に流れている時間の尺度は私たちとは違います。私たちの十年間は彼らにとって三日間かもしれません」

「そういうものなのかしら」

天井裏に続く梯子《はしご》に近い急な階段を上ろうとしたら、トラヴィスに手を引かれた。

「俺が行く」

私を引き留める腕《うで》の力の強さにどきりとしたのは、きっと何かの間違《まちが》いだと思う。

がたん、と扉《とびら》が開く気配がした数秒後。

「おせーよ！」

トラヴィスではないだみ声がした。

——これは『ライムちゃん』のもの！

目を丸くする私の隣《となり》で、エイムズ伯爵《はくしやく》夫人の瞳《ひとみ》からは大粒《おおつぶ》の涙《なみだ》がこぼれている。

「もっと早く迎《むか》えに来いよ！　いつまで待たせんだよ！」

ライムちゃんはライムグリーン色の綺麗《きれい》な鳥だった。つぶらな瞳ととがった嘴《くちばし》。くるんとカールした尾《お》がかわいらしい。

けれど、めちゃくちゃ喋《しゃべ》っている。

「あのガキ、どこいったんだよ！　見当たんねーじゃねーかよ！」

そして、めちゃくちゃ口が悪い。精霊《せいれい》ってこんなのなの……。

お屋敷内の屋根裏にライムちゃんが隠《かく》れているのを見つけた私たちは、皆《みんな》が待つ庭へと戻った。私は案内された席に着いて紅茶を口に運ぶ。けれど、緊張《きんちょう》して手が震《ふる》える。

「おまえカップをがっちゃんがっちゃん言わせてるな。慣れてないんだろう」

「……！」

ライムちゃんはといえば、なぜか私の前でめちゃくちゃに喋っていた。精霊への憧《あこが》れや畏怖《いふ》の念がしゅんと萎《しぼ》んでいくので何とかしてほしい。

一方、エイムズ伯爵夫人は、この口の悪い精霊との再会を感涙《かんるい》で迎えていた。

「ライム。まさかずっと屋根裏にいたなんて……気がつかなくて本当にごめんなさい」

「だから、コリーはどーしたんだよ。俺と十年前に喧嘩しただろ。おやつをとりやがって」

「コリーは大きくなって家を出たのよ。三年前から国の騎士《きし》団の任についているわ」

エイムズ伯爵夫人の言葉に、ライムちゃんの毒舌《どくぜつ》はぴたりと収まった。

「はー、そっか。人間はすぐにいなくなるな」

「……」

なんだか、ライムちゃんが言っていることがわかる気がして寂《さみ》しくなってしまう。

ライムちゃんの暴言をまとめると、彼は十年前にこの家の子ども・コリーとおやつをめぐって喧嘩したらしい。

それでいじけて屋根裏へ隠れ、誰かが迎えに来るのを待っていたということだった。

迎えに来てもらえたのは今日、十年後。精霊である彼にとっては、本当にちょっとお昼《ひる》寝《ね》をしながら待っていたぐらいの感覚だったのだと思う。

けれど、外に出ると喧嘩の相手はもういなくなっていた。

精霊がずっと生き続けることも、私がループをしていることも。意思とは関係ないだけに、どちらも置いてきぼり感が強い。だからつい同志のような気持ちで見てしまう。

「辛気臭《しんきくさ》い顔のおまえ聖女か？」

やっぱりこんなの同志じゃない。

意地っ張りで憎《にく》たらしい精霊様からの暴言に耐《た》えつつカップをカタカタ言わせていると、エイムズ伯爵夫人が立ち上がり私の目の前までいらっしゃって、深々と頭を下げた。

「聖女様のお力でこの家に希望を取り戻してくださったこと、感謝してもしきれませんわ」

「あの……どうか頭を上げてください！」

トラヴィスに助けを求める視線を送ってみたけれど、意外なことに彼はただ見守っているだけで。意味がわからないしいたたまれないし、本当にもう帰りたい。

エイムズ伯爵夫人が私を褒《ほ》めちぎってくださったことで、お茶会の残り時間、私はたくさんの人に囲まれることになってしまった。

このおかげで『スコールズ子爵《ししやく》家の意地悪な姉』の評判は少しずつ消えるとは思うけれど、社交に慣れていない私にとってはこれ以上なく緊張する時間で。もはや数分前のことも記憶《きおく》にない私がよろよろと帰り支度《じたく》をしていると、ぎゅっと肩《かた》を掴《つか》まれた。

「セレスティア。どうして手紙に返事をくれないんだ」

「マ……マーティン様」

私の肩を掴んだのは、お茶会の間じゅうずっと私に妙《みよう》な視線を送り続けてくれたマーティン様だった。聞き間違いでなければ「手紙への返事を」と言っている。どうやら、あれはお返事が必要なゴミだったらしい。

「私たちの婚約《こんやく》は無事に解消されましたわ。お望み通り、クリスティーナとご結婚《けっこん》なさってください」

「僕は納得《なっとく》したとは言っていない！　大体にして、クリスティーナがあんなに嘘《うそ》つきだとは思わなかった」

「それは私ではなくクリスティーナにお願いします」

「待ってくれ。君が許してくれないと、僕は家を継げないんだ」

それがわかっているのになぜ私を裏切ったのかな。

私のことなんて、その気になればいつでも側《そば》に置けると思っていたのだろう。だから、私に婚約破棄《こんやくはき》を告げられた今世は縋《すが》ってくる。

そう思った途端《とたん》、一度目の人生で私を階段から突《つ》き落とすマーティン様とクリスティーナの姿がリフレインした。執拗《しつよう》に私を追及《ついきゅう》する声と、傲慢《ごうまん》なマーティン様の表情、異母妹《いぼまい》の歪《ゆが》んだ笑顔《えがお》。赤い絨毯《じゅうたん》、心許《こころもと》ない手足がふわりと浮《う》く悪夢のような感覚。

ああ、何だかぐるぐるして気持ちが悪い。どうしよう、立っていられない。無意識に何かに掴まろうとした私の手は、誰《だれ》かに力強く引っ張られた。

「放してもらえるか」

気がつくと私の肩からマーティン様の手が退《ど》かされていた。いつの間にか私は守られるようにしてトラヴィスの腕の中に収まっている。え、どういうこと。

驚《おどろ》きすぎて眩暈《めまい》が消えたので状況《じょうきょう》を確認《かくにん》すると、トラヴィスは私を抱《だ》き込みつつマーティン様の腕をねじり上げていた。

「い……いたいいたいいてててててて!!!」

あ、これはマーティン様が泣きそう。きっと怪我《けが》をしないように加減しているのだろうけれど、お茶会で元婚約者に絡《から》んでリアルに泣かされたという噂《うわさ》が広まったらヘンダーソン伯爵はカンカンだろう。

『聖女』である私の地位は高いけれど、神官はそうでもない。私を庇《かば》ってくれたトラヴィスが咎《とが》められるのは嫌《いや》だ。

「トラヴィス様。もうその辺で」

「どうして庇う?」

「肩が外れてしまいます。私、この人のために回復魔法《まほう》を使うのは嫌です」

そこまで言うと、トラヴィスはマーティン様をぽいと地面に放《ほう》り投げてくれた。顔を真っ赤にしたマーティン様は唾《つば》を飛ばして怒鳴《どな》る。

「お前一体誰だ! いち神官のくせに、僕に暴力を振《ふ》るうなんて」

「あなた、私のお茶会で何をしているの!?」

騒《さわ》ぎを聞きつけたエイムズ伯爵《はくしやく》夫人が顔色を変えて飛んできた。そして、トラヴィスに

向かって頭を下げる。

「もう隠してはおけないわ。トラヴィス様、私が主催《しゅさい》するお茶会でこのようなご無礼を」

「いいえ。気にしないでください」

……え、どうして？　なぜエイムズ伯爵夫人がトラヴィスに頭を下げているの……？

状況が全く呑《の》み込めない私の耳に、驚愕《きょうがく》の情報が飛びこんでくる。

「ガーランド侯爵《こうしゃく》を名乗り、国王陛下の弟君でもあるあなたにふさわしい紹介《しょうかい》の場を用意できなかったこと、心より恥《は》じております」

「それは私の依頼《いらい》に応《こた》えてくださっただけのことです」

今、聞き捨てならない言葉がいろいろ混ざっていたような。

同じことをほかの招待客の方々も思ったようで、お開きの雰囲気《ふんいき》が漂《ただよ》っていた庭はにわかにざわつき始める。

そういえばこのお屋敷《やしき》に到着《とうちゃく》したとき、エイムズ伯爵夫人とトラヴィスは意味深なやり取りをしていたような……。私は、恐《おそ》る恐るトラヴィスに聞いてみる。

「あの、トラヴィス様」

「何？」

「お兄様のお名前を伺《うかが》ってもよろしいでしょうか？」

「ん？　兄の名はアルフレッド・クリフォード・セオドリックだな」

案の定それは知っている名前で。ものすごく嫌な予感がする。

「あの、国王陛下と同じお名前ですね、お兄様は」

「ああ。それは正真正銘《しょうしんしょうめい》、歳の離《はな》れた兄だ。俺の名前はトラヴィス・ラーシュ・ガーランド。名ばかりのものだが、侯爵位を持っている」

「う、嘘……」

「あいにくだけど本当だ」

「！」

聞いてない。というか、私は五回目の人生を送っているのに、国王陛下に十五歳以上も年下の弟がいたなんて知らなかった。

待って。ということは、私は……王族の方に相棒になってほしいとお願いしてしまったということ……？

私は絶句するしかなかったけれど、トラヴィスに毒づいたばかりのマーティン様も同じことだった。しりもちをついたまま口をぱくぱくさせている。彼と気が合ったのは、五回目の人生にして初めてのことかもしれない。

「帰るか」

「はい……」

周囲が呆気《あっけ》にとられているのにトラヴィスが普通《ふつう》にひじを差し出してくるので、私もなんとなく流れで摑んでしまう。

どうして身分を隠《かく》しているんだろうとかそもそも王弟殿下《でんか》が存在したのかとかいろいろな疑問はあるけれど、とにかく帰りたい。今日はもう疲《つか》れた。

「オイ！　おまえまた遊びに来いよ！」

騒然《そうぜん》とした空気の中退席する私たちを、ライムちゃんのかわいくない罵声《ばせい》だけが変わらずに見送ってくれたのだった。


帰りの馬車の中、やっと一息つけた私はトラヴィスに問いかける。

「あの。さっきのあれって……本当ですか？　王族だ、って」

「本当のことだよ」

それから、トラヴィスはあっさりといろいろなことを教えてくれた。

三歳のときに講和の条件として隣国《りんごく》・トキア皇国に行かされて、それからずっと人質《ひとじち》生活を送ってきたこと。けれど、実際には人質じゃなくて留学生のような扱《あつか》いだったこと。

今、私の隣《となり》にいる彼がそういう背景を持っているということは、当然最初の人生で友人だったトラヴィスだって同じはずで。私は頭を殴《なぐ》られたような衝撃《しょうげき》を受けた。

あんなに優《やさ》しくて頼《たよ》りになって、助けになってくれた人がそんな苦労をした人だったなんて。私はいつも助けてもらうばかりで、彼に頼ってもらえるような関係ではなかった。

現に、彼の背景を何も知らなかったことこそがその証拠《しょうこ》で。

――そっか。最初の人生の私は、彼にとって対等な関係ではなかったんだろうな。

そんなことはわかっていたけれど。友人としてもっといろいろなことを話せたらよかったのに。

何だか胸が痛かった。

神殿《しんでん》に到着し、馬車から降ろしてもらった私はトラヴィスに深々と頭を下げる。

「今日はありがとうございました。おかげさまで大成功でした」

もちろん本来の意味で。最後に衝撃の事実が明かされたけれど、継母《ままはは》と異母妹にやり返すという目的はわりと達成できたと思う。

「いや。俺も楽しかった」

「では、失礼します。また明日《あした》神殿で」

「……セレスティア」

くるりと背を向けた瞬間《しゅんかん》に声をかけられて、私はもう一度彼のほうを見る。

「……何か？」

「どうしてセレスティアは人を好きにならないと決めている？」

「え」

予想していなかった問いに、私は言葉に詰《つ》まる。

「前に、人を好きになったら消えていなくなると言っていたな。何度考えても、意味がわからないんだが」

「……誰《だれ》かを好きになる。それは即《すなわ》ち私の死なのです」

「だから、それは何？」

何なのと言われても困る。正直にループしていることを話す……？　ううん、普通はそんなの一笑《いっしょう》に付されておしまいだ。けれど、最初の人生で私が知っているトラヴィスだったら、信じてくれそうな気もする。だから選択肢《せんたくし》が多くて迷ってしまう。

何と説明しようか考えていると、トラヴィスがあっさりと言った。

「俺が一方的に想《おも》うだけならいいだろう」

「はあ」

考え中なので、私は適当に相槌《あいづち》を打つ。

「俺が一方的に想うだけならいいだろう。君は好きにならなければいい」

「はあ」

……ん？　待って。今、なんて？　完全に聞き流していた言葉をやっととらえた私は顔を上げる。そこにあったのは真剣《しんけん》なトラヴィスの表情だった。

「三回も言わせないでほしいんだが」

「……!?」

待って。待って待って待って？　私はすっかり聞き流していたけれど、今、トラヴィスは何て言った……？

何が起こったのかわからなくて驚愕する私に、親切にも彼は三回目を言ってのける。

「セレスティアが誰《だれ》も愛さないのはわかった。でも、俺が一方的に想うだけならいいだろう。君が俺のことを好きにさえならなければ済む話」

「……な、な、な……！！！」

一体どういうこと……！

私の頭と耳がおかしくなければ、どうやらトラヴィスは私を好きだと言っているらしい。どうしてなのか全然わからないし、そもそも彼が私に好意を持つ場面ってあった……!?

再会した日に裏庭で昼食を食べて、街へ一緒《いっしょ》にお買い物に行って、神殿で同僚《どうりょう》として一緒に過ごして……あ、意外とあるかもしれなかった。

でもそれにしては惚《ほ》れっぽすぎませんか……！

きっと、今私は真っ赤に染まってひどい顔をしていると思う。トラヴィスはまるでそれを楽しんでいるようにも見える。一歩近づく度《たび》、さっきまでは気がつかなかった香水《こうすい》のいい匂《にお》いがして、それを感じ取った瞬間、急に意識が鮮明《せんめい》になる気がした。

「この前、神官の運命の相手の話をしたな」

「……魔力《まりょく》に触《ふ》れることで、一瞬《いっしゅん》で恋《こい》に落ちる聖女、のことですよね……？」

「ああ。俺はずっと懐疑《かいぎ》的だった。本当にそんな存在がいるのか、って。もし出会ったとしても抗《あらが》えば好きにならずに済むんじゃないかと思ってた」

嫌《いや》な予感に、私は後ずさる。これは。

「確かに、能力鑑定《かんてい》の直後は押し流されるのを堪《こら》えることができた。でも、セレスティアと一緒にいるうちにどんどん確信に変わっていく。俺は、――」

「あのっ……失礼いたします！！！」

トラヴィスが皆《みな》まで言い終えないうちに私は走り出す。私は、このループ五回目の人生を生き抜《ぬ》くため、誰のことも好きにならないと決めたのだ。

聖女や神官に特別な能力が備わっていることは、自分の身をもってよく知っている。だから『神力の交わりでわかる運命の相手』の話もすんなりと受け入れられたわけで。

もしトラヴィスにとっての運命の相手がどう転んでも私になる、なんて最後まで聞いてしまったら、心が揺《ゆ》れない自信がなかった。

幕間＊トラヴィス

セレスティアと別れたトラヴィスは、大神官・ジョセフのもとを訪《おとず》れていた。

「聖女・セレスティアと一緒にエイムズ伯爵《はくしやく》家のお茶会へ行ってきたのじゃな」

「はい。いろいろと面白《おもしろ》いことがありました。彼女は、何の修行《しゆぎよう》もしていないのに、物の記憶《きおく》を辿《たど》っていとも簡単に未来を見ていました。規格外すぎますね」

「神力を通じて彼女の力を見たのじゃろう。ほかに手掛《てが》かりはなかったのかのう」

「四つの聖女の力を備えていること、五倍の魔力があること以外は何も」

そう答えるとジョセフがにやりと笑うのが見えて、トラヴィスは片頬《かたほお》を引き攣《つ》らせる。

この先に続く会話が見えたのだ。

「いや。わしはそれよりも、トラヴィスが予定よりも二年早くこの国に戻《もど》る決心をしてくれたことのほうがうれしいのう。どんなに説得しても首を縦に振《ふ》らなかったんじゃからの」

「いずれ戻ることになるなら、二年後でも今でも変わらないかと」

「ほー」

あまりにわざとらしい相槌に、トラヴィスもはー、と息を吐《は》く。

「大神官様が何を仰《おっしゃ》りたいのかはわかっています。でも少しほっといてください」

「トラヴィス。お前は賢《かしこ》く強く、膨大《ぼうだい》な神力を持っている。自分の立場を気にして振る舞《ま》ってきたようじゃが、これからは心のままに生きてもいいんじゃぞ」

「まぁ、その通りにしようかとは思っています」

「ほー」

「……。失礼いたします」

ジョセフのわざとらしい振る舞いにうんざりしたトラヴィスは、部屋を退出した。

トラヴィスがセレスティアの能力鑑定をした日。

大神官・ジョセフはトラヴィスの異変にいち早く気がついた様子だった。

神力の交わりで搦《から》めとられる相手——いわゆる運命の人に出会ってしまったトラヴィスを、親代わりのジョセフは歓迎《かんげい》し喜び、楽しげに見守っているようだ。

トラヴィスは三歳で人質《ひとじち》として隣国・トキア皇国に渡《わた》った。かつて二国間で戦争があり、王族を差し出すことが講和の条件となったからだ。

同行した侍従《じじゅう》は泣いていたが、意外なことに隣国での扱いは人道的なものだった。

一般《いっぱん》的な貴族子弟《してい》と同じように家庭教師をつけてもらい、十五歳のときには神殿《しんでん》での啓《けい》示《じ》の儀《ぎ》まで受け、神官としての力を授《さず》かった。

兄――この国の国王陛下にはトラヴィスとそう変わらない年齢《ねんれい》の王太子がいる。面倒《めんどう》ごとを起こさないため、二十歳《はたち》を過ぎてもトキア皇国で暮らせるように皇帝《こうてい》陛下へ願い出てみよう、そう思っていた。つい最近までは。

先日から一時的に訪れていた祖国。ある休日に行われた啓示の儀で石板が割れたらしい、と聞いたときは驚《おどろ》いた。規格外の存在がいるということを察したからでもあるが、トラヴィスのときにも石板の端《はし》にひびが入ったからだ。

純粋《じゅんすい》に興味を抱《いだ》いたところで自分の後見人である大神官・ジョセフに呼ばれた。行ってみると石板を割ったその張本人がいて、能力鑑定をすることになった。

（能力の鑑定ならいくらでもやってきたんだ。だから警戒《けいかい》する必要なんてなかった）

けれど、今回は様子が違《ちが》った。『聖女』だという彼女の手を握《にぎ》って神力を流し込んだ瞬間、心臓が急に高鳴ったのだ。

一体これは何だ。この手の先にある腕《うで》を視線で伝って、もう一度彼女の顔が見たい。

けれど、呼吸を整えながら、目を合わせてはまずいことになるのは本能で感じていた。

脳裏《のうり》に浮《う》かんだのは、昔読んだ本。

神力と聖属性の魔力の関係性を説いたそのページには、『特定の条件を満たす聖女の魔力に触れると、一瞬で相手を深く愛するようになる』と書かれていた。

その本を読んだとき、トラヴィスは好奇心《こうきしん》を覚えた。本当にそんな風にして人を好きになることがあるのか、と。そして、その相手にとって自分は運命の相手なのか、とも。

だから能力鑑定の後、わざわざ裏庭にいたセレスティアに声をかけた。もしかしたら、彼女も同じように自分に興味を持ってくれているかもしれない、と。

けれど、彼女は『私が誰《だれ》かに恋をすることはありません。もし好きになることがあったらそれは死ぬとき』と言う。

極《きわ》めて事務的でそっけない内容。ただの同僚としか思っていないのは明白で、自分の顔だけしか見ない女性にうんざりしていたトラヴィスは、そこにまた興味をかき立てられた。

その後、トラヴィスがセレスティアの隣《となり》で見たもの。

同僚である神官に柔軟《じゅうなん》に接しつつも、納得《なっとく》しないことには絶対に首を縦に振らない頑固《がんこ》さ。エスコートに頬を染めた後、友人が増えて素直《すなお》に喜ぶ無邪気《むじゃき》さ。ひどい仕打ちを受けて復讐《ふくしゅう》を目論見《もくろみ》ながらも、最終的には相手に同情してしまう人間らしさ。

そして、まるでずっと前から聖女だったかのように、尽《つ》くすことに疑いを持たない瞳。

セレスティアへの気持ちを再確認《さいかくにん》したトラヴィスの心の中にはもうひとつの光景が残る。

(能力鑑定のあのとき……彼女の聖属性魔力に混ざってなじみ深い風景が見えた。トキア皇国の大神殿からでなければ見えない星空。あれは何だったんだ)

そのことは大神官・ジョセフにも明かしていない。

第三章　フェンリルとアクセサリー

私の目の前には、真っ白くて大きなふわふわのたぶんフェンリルな神の使いが一頭。

「……どういうこと」

呟《つぶや》くと、しっぽを振ってくれた。かわいい。しかも笑ってるなにこれ愛《いと》しい。

……違うそうじゃない。

困惑《こんわく》していると、フェンリルは身体《からだ》をぐるんとひっくり返して、お腹《なか》まで見せてくれた。

こんなにあっさり人間に服従する姿勢が心配だ。エイムズ伯爵家のライムちゃんを少し見習ってほしい。けれど改めてどうして、こんなことに。

なぜこんなことになったかと言えば……。始まりは、今朝のことだった。


神殿の朝は早い。陽《ひ》が昇《のぼ》るのと同時にすべての空気が新鮮《しんせん》なものに入れ替《か》えられ、まっさらな一日が始まる。

いつも通り目覚めた私は、身支度《みじたく》を済ませると敷地《しきち》内にある聖堂にやってきていた。

この聖堂は『先見の聖女』『豊穣《ほうじょう》の聖女』が使うことが多い。未来を見たり、何かを召《しょう》喚《かん》したりする、神殿内でも特に神聖な場所。

「どなたかいらっしゃいますか……」

呼びかけてみたけれど返事がない。

これはチャンスである。

なぜなら、今日私がここに来たのは『未来を知るため』だからだ。

過去四回の人生から考えると、この先にはいくつもの困難が待ち受けている。もちろん、ループせずに長生きするだけならこれまでの人生では関《かか》わらなかったルートを歩んでいくという選択肢《せんたくし》もなくはない。

けれど、そのせいで誰《だれ》かが不幸になるのは絶対に嫌《いや》で。だから現時点での未来を探《さぐ》ろうと思ったのだ。

祭壇《さいだん》の前に立ってみると、高くて丸い天井《てんじょう》を彩《いろど》るステンドグラスに朝日が差し込んで、真っ白な床《ゆか》も鮮《あざ》やかに色づいて見えた。

視線を横の壁《かべ》に移すと『はじまりの聖女』の絵が飾《かざ》られている。宝石のように輝《かがや》く小さな石を無数に並べて表現された絵。

そこにいるはじまりの聖女様は、偶然《ぐうぜん》にも私と同じライラック色のドレスを着て、大きなフェンリルを従えていた。

「先見の聖女が見られる未来は、魔力《まりょく》を大量に消費するわりに精度が低いのよね……」

けれどこの前ライムちゃんを捜《さが》したときの感覚を思い返すと、五回目の今ならわりと簡単にできる気がした。

聖堂の入り口を振《ふ》り返って誰の気配もないことを確認した私は、祭壇の前に跪《ひざまず》き指を組んで目を閉じる。

心を『セレスティア・シンシア・スコールズ』に集中し、聖属性の魔力を流す。程《ほど》なくして、まぶたを閉じた向こうの世界にざあざあとノイズが入りはじめた。

本来なら、この姿勢で何日も祈《いの》ると何らかの映像が見えてくるはずだった。

失敗したときでさえ全然関係ない未来が見えた。翌日の食堂のスペシャルメニューとか、一週間後の朝礼で大神官様がお話しになるネタとか、本当にどうでもいいものが。

けれど今は何も見えない。時間こそ数分だけれど、魔力はそれに匹敵《ひってき》するほど流しているはずだった。それなのに暗闇《くらやみ》すらもなくて、ずっと砂嵐《すなあらし》が続いている。

……何これ？　困惑していると眩暈《めまい》に襲《おそ》われた。急激に聖属性の魔力が消費されていっているらしい。

ううん。消費されている、というよりは何かに奪《うば》われているような。怖《こわ》くなってきて、祈りを止《や》めようかと思った。でも、初めての感覚。私から魔力を奪っているものの正体を知りたい。

「……‥！」

そう思った瞬間《しゅんかん》に、私の意識は途切《とぎ》れた。

ふわふわの何かが、私の頰《ほお》に触《ふ》れている。柔《やわ》らかくて温かくて気持ちがいい。

目を開けると、丸い天井にステンドグラス。そっか、私は魔力が切れて気を失っていたらしい。どれぐらいの時間が経《た》っているのだろう。

体を起こそうとすると、頭の中に声が響《ひび》く。

『……おきた？』

「え」

なにこれ。私の目の前にいるのは、大きな白い……犬？

絵画の中の、はじまりの聖女様が連れているフェンリルそっくりの、……ううん、いやこれは確実にフェンリル、だった。

「あの……離《はな》れてくれないのですが、どうしたらいいと思いますか」

「アンタなに連れてんのよ！」

食堂へ行くと、ちょうど遅《おそ》めの朝食をとっていたらしいバージルに会えた。私が連れているフェンリルに驚愕《きょうがく》している。

バージルの隣には私の二回目のループでの相棒だったシンディーが座っていて、二人のほかに人はいない。

「私にもよく……。ですが、聖堂でお祈りをしたら、現れました」

「はー。それより前にまず、アンタ昨日湯浴《ゆあ》みの後ちゃんと髪《かみ》を乾《かわ》かした？　毛先がごわごわなんだけど！　こうなったら編み込むとかなんかいろいろあるでしょうに！　身だしなみの前に祈り優先とかほんとやめてくれない？」

『聖女ですから』と言いたいのも、フェンリルを二の次にするバージルにつっこみたいのも我慢《がまん》して、私はシンディーのほうに向き直る。

「お……おはようございます、シンディーさん」

「こんにちは。私はあなたに名乗ったでしょうか？」

「……皆《みな》さんに呼ばれているのを聞いて。すみません」

あいかわらずの冷たさに身が縮こまる。

シンディーはたぶん二十歳《はたち》ぐらい。キラキラしたブロンドのショートヘアが眩《まぶ》しい。めずらしい女性の神官で、回復魔法《まほう》が使える希少な存在だ。

二回目のループではその能力を活《い》かして『戦いの聖女』だった私とペアを組み、異世界から召喚された勇者たちと一緒《いっしょ》に黒竜討伐《こくりゅうとうばつ》に向かった。

シンディーの、冷たいのに仕事はきちっとこなしてくれるところを私は尊敬していた。残念なことに黒竜のところに辿《たど》り着く前にはぐれてしまったけれど。私はその先で裏切られて死んだ。シンディーは帰れたのかな。

そんなことを考えているうちにシンディーは私の足元でしっぽを振っているフェンリル（仮）の顔を覗《のぞ》き込む。

「……これはフェンリルですね。はじまりの聖女が従えていたという」

「アンタ相変わらず温度ないわね!? 普通《ふつう》なら腰《こし》を抜《ぬ》かすとこだわよ」

「フェンリル様。どうしてこちらにいらっしゃるのでしょうか」

『よばれたからきた』

呼んだかな？

バージルとシンディーの会話に、私は首を傾《かし》げる。

「こう仰《おっしゃ》ってはいますが、呼んでいないはずなのです」

「……え？　今この子何も言っていないわよ」

「え。聞こえないのですか。この、子どもみたいなかわいい声……」

「全然聞こえないわよ！」

エイムズ伯爵《はくしゃく》家のライムちゃんは誰《だれ》にでもわかる暴言をまき散らしていたけれど、このフェンリルに関してはそうではないらしい。

声が私にしか聞こえないってどういうことなのだろう。

とりあえず、このかわいいもふもふについて、私は大神官様に相談することにした。

「聖女・セレスティアは一体何を召喚《しょうかん》したのじゃ」

『フェンリルだよ』

「大神官様、本人はフェンリルだと仰っています……」

『だいしんかんさま、すき』

フェンリルは大神官様のことが好きみたいで、しっぽを振ってお腹《なか》を見せている。けれど、やっぱり言葉がわかるのは私だけだった。フェンリルに聞くと『そういうもの』らしい。ちなみに、何だかんだ言いつつ、バージルは大神官様のところに付き合ってくれている。

大神官様は驚《おどろ》きつつも教えてくれた。

「豊穣《ほうじょう》の聖女の役割のひとつに、『精霊《せいれい》や神獣《しんじゅう》の召喚』がある。その能力で呼び出してしまったようじゃのう」

そういえばそんな任務もあった気がする。めったにないし、私は請《う》け負ったことがないのですっかり忘れていた。

今朝、聖堂で私は知らないうちに『先見の聖女』ではなく『豊穣の聖女』の力を使ってしまったということなのだろう。やったことがないからわからなかった。そっか。魔力を流しすぎるとああいうことになってしまうんだ。

「あの、私はこの子をどうしたらいいのでしょうか」

『いっしょにいたい』

かわいい。

ちなみにフェンリルはこの世界にやってきてからたった三十分ほどで出会った人全員にお腹を見せていた。どうも警戒心《けいかいしん》のなさが気になって仕方がない。

「神獣や精霊は姿かたちを変えることができるはずじゃ。とりあえず幼体化してもらいなさい。このままでは目立ちすぎる」

『はーい』

フェンリルはくるんと回ると、一気に子犬になった。ちょうど、抱《だ》っこしたり肩《かた》にのせられるぐらいの大きさに。

「言葉が通じているようじゃのう。あとは、魔石《ませき》のアクセサリーを持つべきじゃ」

「魔石のアクセサリーって、騎士《きし》の方がお使いのあれでしょうか?」

大神官様の言葉に私は首を傾げる。

組み合わせる魔石次第《しだい》でいろいろな力を発揮してくれるアクセサリーなら知っている。過去の人生では必要がなかったので身に着けることはなかったけれど。

「そうじゃ。フェンリルは一緒にいる者の魔力《まりょく》を食べて育つ。セレスティアの魔力量は相当なものじゃ。相棒が大きくなりすぎないよう、出力を調整するアクセサリーを持つべきじゃ」

なるほど、と思っていると隣《となり》のバージルが腕《うで》まくりをした。

「そういうことならアタシの出番ね。フェンリルを召喚したアンタにはきっとそのうち危険な任務が与《あた》えられるわ。その時のために特別なアクセサリーがあったほうがいい。腕のいい職人を紹介《しょうかい》してあげる」


ということで、私はバージルの田舎《いなか》へと向かう汽車の中にいた。

私に『魔石のアクセサリー』を作るため、バージルが紹介してくれた職人のところに向かっているのだ。

……と同時に、皆でフェンリルの名前を真剣《しんけん》に考えているところでもある。

「チャーリー」

「マックス」

「……アルテミス」

シンディーまで議論に参加し意見を出してくれているのが意外だった。けれど、トラヴィスとバージルが提案しているのは明らかに犬の名前である。

「トラヴィスとバージルさんは真面目《まじめ》に考えていただけますか？」

「だって仕方がないわよ。この子、犬だもの。いえ違《ちが》うわね。犬でもこんなにしっぽを振《ふ》らないわ」

『こう？』

私の膝《ひざ》にいるフェンリルが、ブルンブルンと激しくしっぽを振る。かわいい。

今回バージルの田舎に向かうメンバーは、私・トラヴィス・バージル・シンディーの四人。シンディーが同行してくれているのは、彼女は回復魔法が使えるからだ。

私に魔石のアクセサリーを作ってくれるのは、なんとバージルの妹さんなのだという。

バージルの妹さんは身体《からだ》が弱いらしく、魔石の加工に力を使いすぎたときの保険としてシンディーに白羽の矢が立ったのだった。

回復魔法なら私も使えるけれど、万一への備えはいくらあってもいいというのがトラヴィスの意見で。私もそう思う。

「さて、おふざけはこの辺までにしましょう。フェンリル様ははじまりの聖女様には何と呼ばれていたのですか」

ひんやりと言い放つシンディーに、私も頭を切り替《か》えた。

『わすれちゃった。あるじがいなくなると、なまえをわすれる』

「ええ？　……あの、忘れてしまったそうです。主《あるじ》がいなくなると名前を忘れるものだと仰っています」

「そうですか。では、やはり聖女・セレスティア様が名付けをしないといけませんね」

「私が、この子に名前を……じゃあ、リルで！　フェンリルだから」

シンディーに応《こた》えると、バージルにどすのきいた声で凄《すご》まれた。

「アンタね、あっさりだし安易すぎない⁉」

『いいなまえ！』

バージルにはダメだしされたけれど、フェンリルは気に入ってくれたらしい。

キンッという音が耳の奥に響《ひび》いた瞬間《しゅんかん》、さっきまではわからなかったリルのオーラのようなものを感じる。

魔力とも神力とも違う、不思議な力。

でも心地《ここち》よくてあったかい。私にリルの主が務まるか正直不安しかないけれど、かわいいだけじゃなくいざというときの助けになってくれる気がして、心強かった。

私たちは汽車と馬車を使い、海辺の町・ミュコスに到着《とうちゃく》した。

バージルが生まれ育ったというお屋敷《やしき》は高台から海を望む場所にあって、レモンの木に彩《いろど》られた庭をくぐり抜けると美少女が現れた。

「こんにちは！　お待ちしていました！」

バージルと同じ美しいブロンドに琥珀色《こはくいろ》の瞳《ひとみ》、透《す》き通るような白い肌《はだ》と桜色の唇《くちびる》。年齢《ねんれい》は私よりも少しだけ上ぐらいに見えるのに、妖精《ようせい》のようなかわいらしさ。つい見とれてしまう。

「アリーナ。起きていて大丈夫《だいじょうぶ》なの？」

「今日は特別ですわ！　お兄様がお友達と一緒《いっしょ》にお戻《もど》りになるというのですから。横になってはいられませんわ」

バージルが兄の顔を覗《のぞ》かせていて、それに対するアリーナ様の答えに『身体が弱い』という話を思い出して心配になる。

普段《ふだん》はベッドの上にいらっしゃるところを、無理して起きてきてくださっているのかもしれない。用事はなるべく早く済ませないと。

挨拶《あいさつ》を済ませた私たちが案内されたのは、ロビーやサロンではなく二階の南端《みなみはし》にあるアリーナの作業場だった。

真ん中に大きな木製の作業台があって、その周囲をさまざまな道具やキラキラした石が並べられた棚《たな》が取り囲んでいる。

アリーナの外見とは正反対の、ごつごつした作業場。あまりに素敵《すてき》でかっこいい。

「今日、アリーナにお願いしたいのはこの魔石の加工なのよ。五個あるんだけど、ひとつのブレスレットにしてもらいたくて。この前、国のカタログにのせてもらったデザインに」

「承知いたしましたわ、お兄様」

バージルとアリーナの会話に、私は目を瞬《まばた》く。

「あの、国のカタログって……？」

「フフン。アリーナはね、国が認める魔石彫刻士兼《ちょうこくしけん》デザイナーなのよ。王国騎士団の騎士団長からもアクセサリーの製作依頼《いらい》が来るんだから！」

「そ……そんなにすごい方なのですね」

目を丸くした私の前で、アリーナが可憐《かれん》に微笑《ほほえ》んだ。

「もう、お兄様は大袈裟《おおげさ》なんです。……それに、最近は体調が思わしくなくてほとんど依頼を受けられなくて。聖女・セレスティア様のアクセサリーが久しぶりの魔石加工なんです。とても楽しみにしていました」

魔石の加工ってそんなに力を使うものなんだ……。

作業台の上に置かれたのは、五つの石。色はガーネット、エメラルド、トパーズ、アメジスト、クリスタル。普通《ふつう》の宝石に見えるけれど、それぞれ特別な力を持っている。

一度目の人生で、トラヴィスに魔石は組み合わせによって効力がアップするということを聞いた。まだ未解明な部分が多く、使用者によってベストな組み合わせが違うことも教えてもらった。懐《なつ》かしい想《おも》い出。

そんなことを考えていると、その張本人が私の顔を覗き込んできた。

「魔石の組み合わせ、バージルと勝手に決めたんだが、よかった？」

「はい。魔石のことはよくわからないので……決めてくださってありがとうございます」

「一緒に考えたら楽しそうだなと思ったんだが、なかなかセレスティアに会えなかった。どうしてだ？」

「……」

避《さ》けているからです。心の中で答えた私は、疑いの視線をするりと流す。

この前、私に『一方的に想うだけならいいだろう』とか何とか言った彼は、本当にぐいぐい来るようになってしまった。息をするように私をかわいいとか好きだとか言うし、気がつくと会いに来るし、とにかく距離《きょり》が近い。

困り果てた私は、大神官様に『トラヴィスと組みたいと言ったのは忘れていただけませんか』とお願いしに行った。けれど、聞こえないふりをされてしまった。解《げ》せない……！

私はループせずに長生きしたい。私のほうがトラヴィスを好きにならなければいいだけの話だけれど、何というか、あの甘い声で名前を呼ばれて見つめられたら心を全く動かされないというのは無理な話で。

だって、彼については最初の人生で素敵な人だと知ってしまっている。だからもちろんトラヴィスには幸せになってほしいし、私もそんな姿が見たい。……ううん、違う。私は彼の気持ちに応えることはできない。こんな風に考えてしまうこと自体まずい気がする。私はもやもやとしている私を置いて、作業台の前では魔石《ませき》をブレスレットに加工する準備が進んでいく。

「アクセサリーの製作に入る前に、アリーナさんの体調を確認《かくにん》してもよろしいでしょうか」

「そうね。そのほうがいいわね。アリーナ、腕《うで》を出して」

シンディーとバージルの会話で私は現実に引き戻された。そうだ、これから魔石の加工が始まるのだった。病弱なアリーナが少し無理をして作ってくれるブレスレット。お願いする立場の私が上の空ではいけない。

聖女が使う回復魔《ま》法《ほう》は聖属性の魔力《まりょく》をもとにしたものだけれど、シンディーが使うのは神力によるものだ。

このまえトラヴィスが私の能力を鑑定《かんてい》したみたいに、神力を相手の身体に流すことで傷や疲《ひ》労《ろう》を癒《いや》して回復する。

だから、聖女の回復魔法よりも効率が悪くて自分の負担も大きい。けれどそれでも使わないといけないほどに、回復魔法は希少なのだ。

アリーナが手を差し出したときに、きらり、と袖《そで》から見えたブレスレットに私は首を傾《かし》げる。

「あの。アリーナさん……とバージルさんはお揃《そろ》いのブレスレットを？」

「え？　やあねえ。アタシたち、仲はいいけど、さすがにそこまではしないわよ」

「そうですか……」

あれ。あのブレスレット——華奢《きゃしゃ》なチェーンにクリスタルが二つ付いたデザインのもの、を最初の人生で出会ったバージルは身に着けていたと思ったのだけれど。気のせいかな。

「さ、シンディーが体調を見ている間、アタシたちはお茶でも飲みましょう。少し時間がかかるものなのよ、アレ」

どうも腑《ふ》に落ちない私だったけれど、窓辺の席に案内されてお茶をいただくことになった。

「気分が悪くはないですか」

「大丈夫ですわ、シンディー様」

少し離《はな》れた場所で、シンディーがアリーナの手を握《にぎ》り体調を確認するのが聞こえる。

そして、私の前にはレモンがたっぷり入ったレモンティーがあった。

このミュコスの町で穫《と》れるレモンを使ったレモンティーは冬でもアイスで飲むのが一般《いっぱん》的らしい。たくさんの氷と輪切りにしたレモン・氷砂糖が入ったグラスに、バージルが濃《こ》いめの紅茶を注いで淹《い》れてくれたのだ。

飲んでみると、爽《さわ》やかなレモンの酸味の中に氷砂糖の甘さが溶《と》けていく。とてもおいしくって、私のグラスはすぐに空になってしまった。

「もっと入れよう」

「と、トラヴィス！　置いてください、自分でやりますから！」

トラヴィスがニコニコしながらお茶の入ったピッチャーを手にしたので、私は慌《あわ》ててそれを取り上げようとした。すっかり忘れていたけれど、彼は私を殺す可能性があるだけでなく王族なのだ。

「あ、名前で呼んでくれたな。うれしい」

「い……っ今のは、驚《おどろ》いたからで！」

「これからずっとそう呼んでもいいが？」

「む……無理です、トラヴィス様！」

「……」

返事がない。

「トラヴィス様!?」

「……」

「……ト、トラヴィス」

「はい？」

キラッキラの爽やかな笑顔《えがお》をくれた。待ってどういうこと。整いすぎた外見に似つかわしくない子どもっぽい振《ふ》る舞《ま》いに、私はもうただただ驚愕《きょうがく》するしかない。

「俺のことはこれからずっとそう呼んでくれていい。特別な関係みたいでうれしいな」

「！」

この部屋にはバージルやシンディーやアリーナもいるのに、とろけるような甘い声でそんなことを言うのはやめてほしい。

けれど、私とひとつのピッチャーを持っているのに手が触《ふ》れないように気をつけているように感じられるのがトラヴィスらしいところで。

こういうところにきゅんとしてしまう私は本当に危ないと思う。やっぱり、ほどよいところで逃《に》げよう。今すぐはさすがに無理だけど、いくつかの山を越《こ》えたらさっさといなくなろう。神殿《しんでん》にいなくたって、聖女としての力を活《い》かせる場所はきっとある。

ふと視線を感じたのでそちらに目をやると、私たちをバージルがにやにやと眺《なが》めていた。初対面のときはトラヴィスを凝視《ぎょうし》する私に不快感を示していたというのに。大神官様といい、バージルといい、一体何なの。

『す、すっぱい』

「あ、リル、ごめんね。こっちを舐《な》めて」

と思えば、神獣《しんじゅう》のリルは余ったレモンを舐めて泣きそうになっていたので氷砂糖を手渡《てわた》す。かわいそうだけど、かわいい。

しばらくするとバージルの妹自慢《じまん》が始まった。

「アリーナはね、本当に魔力が強いのよ。身体《からだ》が弱くなければ魔物《まもの》を退治する騎士《きし》にだってなれていたはずなんだから！」

助かった。これ以上この甘すぎる雰囲気《ふんいき》に包まれるのはきつい。

「だ、だから魔石の加工ができるのですね」

「そうよ！　デザインのセンスもすごいけどね」

「でも、さっきのアリーナさんのお話だと、魔石の加工って身体に負担をかけるんですよね？　大丈夫《だいじょうぶ》なのでしょうか」

私の問いに、バージルは少し言葉に詰《つ》まってから微笑《ほほえ》んだ。

「……アンタが気にすることじゃないわよ。アンタは規格外の聖女なんだから」

急にいつもの勢いがなくなって、不思議な違和感《いわかん》。どういうこと……？　そう思ったところで、シンディーが戻《もど》ってくる。

「終わりました。体調は問題なさそうです。……私は別の部屋で休んでいますので、バージル、あとはお願いします」

「ちょっと！　シンディー？　……あら、神力の使いすぎかしらねえ」

「あの、私様子を、」

「大丈夫。そっとしておいたほうがいい」

立ち上がってシンディーを追おうとしたら、トラヴィスに腕を引っ張られてしまった。

バランスを崩《くず》した私はそのまま椅子《いす》にぽすりと座り直す形になる。

「……神力の使いすぎでお疲《つか》れだったら歩くのを手伝わなくては」

「そういう感じじゃなさそうだった。大丈夫」

「……」

聖女と神官では、力の出所が違《ちが》う。私には神官のことがよくわからないから、トラヴィスに言われるとそうなのかな、という気になる。けれど。

私はあの顔を知っている。二回目のループ、異世界から召喚《しょうかん》された勇者一行に加わって黒竜《こくりゅう》退治に向かっていたとき、シンディーはたまにあんな表情をしていた。

いつもクールな彼女が稀《まれ》に見せる、温度を感じさせる顔があれなのだ。どうしたのだろう、と思っていたけれど、私たちの関係ではその問いは許されなかった。

ああ。バージルと仲良くなれたみたいに、シンディーとも友人になれたらいいのにな。

その後行われたアリーナによる魔石《ませき》の加工は本当に素晴《すば》らしいもので。

魔力で特殊《とくしゅ》な処理をした魔石を、あらかじめ作っておいたブレスレットのフレームにはめていくのだ。

加工作業中、アリーナの額に汗《あせ》が滲《にじ》むことはあったけれど、回復魔法が必要になるようなことはなかった。

そして、彼女はこんなことを言っていた。

『このブレスレットは、使用者の力を最大限に発揮してくれるものです。ただ、魔石の組み合わせや加工方法から言って……本当に強い効果を発揮するのは使用者が本当に困った時です。めったに発現しない分、そのときは特に強い力を使えます。よく覚えておいてくださいね』

ブレスレットは数時間でできあがり、私の手首にはアクセサリーが光ったのだった。

ところで、王都よりもずっと暖かいこの町では一年中レモンが生《な》っている。

「……だっ！　また落ちちゃった……」

私の手からレモンがごろんごろんと滑《すべ》り落ちていく。ああ、これで何個めだろう。

『ぼくがひろっておくからだいじょうぶだよ』

「リル、ありがとう」

バージルから「そんなにレモンティーが気に入ったなら、庭のレモンをお土産《みやげ》に持っていっていいわよ」と許可をもらった私は、リルと一緒《いっしょ》にレモンの木と格闘《かくとう》していた。

もちろんお土産はスコールズ子爵《ししゃく》家にではない。神殿の食堂に、である。あのレモンティーをなんとしてでも日常的に飲みたかった。

レモンの表面はつるつるとしていて、不安定な状態ではうまく掴《つか》むのが難しい。

私は、もうひとつ大きなレモンをがっしりと掴む。よし、きっとこれなら。

……あれ？　レモンの木の隙間《すきま》にブロンドヘアが見えた。サラサラのショートヘアが。

「シンディー……さん？」

声をかけると、シンディーは驚いたように顔を上げた。

「聖女・セレスティア様。そんなところで一体何をしておいでですか」

「……お土産にレモンを穫《と》ろうと思って」

「トラヴィス様はどうなさったのです」

「ええ、彼には内緒《ないしょ》で梯子《はしご》に登っています。ですので言わないでいただけると」

気まずくて愛想笑《あいそわら》いを浮《う》かべると、シンディーははぁとため息をついた。ちなみに、神官たちは職務上の関係で皆《みんな》トラヴィスが王族だと知っているようだった。それを知ってしまうと、能力鑑定《かんてい》のときのあの一目置いた空気にも納得《なっとく》しかない。

「……危険です。下りるのを手伝います」

「……すみません……」

なんか、ごめんなさい。

私はシンディーに梯子を押さえてもらい、レモンの木から下りた。

それを見つめるリルの周囲にはレモンが六個。これだけあればまぁ十分かな。

……と気がついた。シンディーの目が赤いことに。しかも足元がふらふらしている。

「お疲れでしょうか？　もしよろしければ私の肩《かた》を使ってください。お屋敷《やしき》の中まで付き

「大丈夫です。少し外の風にあたりたくて庭を歩いていただけですから」

「……」

突《つ》き放すような言い方。

よくわからないけれど、きっと一人になりたいのだろう。それなら私は早くここを離《はな》れなきゃ、そう思った瞬間《しゅんかん》にシンディーの身体が大きくふらついた。

「シンディー！」

私は慌《あわ》てて彼女の身体を抱《だ》きとめる。と同時に、いろいろなものが見えた。

美しいブロンドヘアの少女がベッドに横たわる姿、枕元《まくらもと》に並ぶ洗練されたアクセサリーの数々。その少女は窓越《ご》しにレモンの木を眺めてため息をつく。

……あ。これ、さっきシンディーが神力を通じて見たアリーナの体力だ。

『先見の聖女』の力がシンディーを通じて針を未来へと進めようとしているのを察し、私は聖属性の魔力《まりょく》が使われるのに歯止めをかける。

この先は私も見たくない。

けれど、シンディーが誰《だれ》とも仲良くしようとしない理由がわかった気がする。そして、回復魔法《まほう》を使った後、どうして辛《つら》そうなのかも。

「申し訳ありません。もう大丈夫ですから」

私は、蒼《あお》い顔をして離れようとするシンディーの手をぎゅっと握《にぎ》った。

「大丈夫ではないでしょう？　……シンディーさんは回復魔法を使った相手の修復不可能な部分がわかるのですね」

「……どうしてそれを」

「今、見えました。近い将来のアリーナさんの姿が。ベッドに横たわって……窓を開けたいのに、それすらできない感情が伝わってきました」

はぐらかそうとしていたシンディーは観念したようにため息をつく。

「聖女・セレスティア様にはそこまで……そうです。私には、相手の命の残りが何となくわかります。たとえ魔法によって傷が治癒《ちゆ》しているように見えても、体にはダメージが蓄積《ちくせき》する。病だって同じです。それが何となくわかってしまうのです」

シンディーは相手の命の残りのようなものを感じ取ってきたのだろう。

それを誰にも言えなくて、どうしようもなくて。申し訳なさやいろんな感情があって、人と距離《きょり》を置いてきた人。

きっと、二回目のループで黒竜討伐《とうばつ》に向かったときも、悩《なや》んでいたのかもしれない。

……まあ、さすがに、好きな人に突然矢面《とつぜんやおもて》に立たされて燃え死んだ私の死期までは察していなかっただろうけれど。もし察していたら怒《おこ》るけれど。

「シンディーさんは、アリーナさんのことを心配しているのですね。彼女がいなくなった後のバージルさんのことも」

「……はい。ですが、私たちにはどうすることもできませんから」

沈《しず》んだ表情のシンディーに、私はにっこりと笑う。

「私には四つの能力があります。この場合、使うのは『癒《いや》しの聖女』の力と、『豊穣《ほうじょう》の聖女』の力でしょうか」

「何を……せ、聖女様は神殿《しんでん》の許可なしに人の余命を左右する回復魔法を使うことは許されていません」

あっけらかんと答えた私に、シンディーは驚《おどろ》きを隠《かく》せない様子だ。

「でも私は使います。アリーナさんはきっと元気になって、さっきシンディーさんが感じたようなことにはなりません」

「しかし」

「目の前にある、救える命を救うのはそんなにいけないことですか」

「だって、規則では……」

「規則は確かに大事だと思います。……けれど私にとっては、目の前のアリーナさんとあなたの心のほうがもっと大事だわ」

ずっと強張《こわば》っていたシンディーの唇《くちびる》が震《ふる》えて、明らかな動揺《どうよう》が見える。

数秒間の沈黙《ちんもく》の後。

「……聖女・セレスティア様はどうしてそんなに自由に振る舞えるのですか」

「自由に？」

過去五五回の人生で初めての質問だった。

少し考えた後、私は微笑《ほほえ》む。

「……今まで、自由ではないことが多かったからです。物理的にもそうですが、身に覚えのないことすら自分の悪事になることがあるなら、好きにしようと思います」

しかもループ五回目だし。

これは継母《ままはは》と異母妹《いぼまい》がばら撒《ま》いた噂《うわさ》を前提にしたことだったけれど、シンディーは表情を崩《くず》して静かに笑ってくれた。

「セレスティア様は、私がずっと悩んできたことに随分《ずいぶん》あっさり答えを出されるのですね」

「これは、聖女としての矜持《きょうじ》ですから。ぶれることはないのだと思います」

「……そうですか」

私の言葉に頷《うなず》いてくれたシンディーには、いつもの冷静で落ち着いた表情が戻《もど》っている。

シンディーは堅《かた》い。本当にお堅い。

そしてなかなか表面には出ないけれど、すごく優《やさ》しい人。

私は、彼女のこういうところに憧《あこが》れる。

回復魔法は万能《ばんのう》ではない。一時的に病や傷を治癒することはできても、体に蓄積したダメージは消せない。でも、ほかの能力を組み合わせたら何とかなりそうだった。これは、複数の聖女の力を持つ私の特権。

私の手首に光る、魔石《ませき》のブレスレット。これと同じデザインのものを一度目の人生のバージルは身に着けていた。……今回はそうはさせないけれど。

今、私はこんなふうに真面目《まじめ》に考え事をしている。……が、剣呑《けんのん》とまではいかなくても微妙《びみょう》なバージルの視線をひしひしと感じていた。

「考えてみたら……アンタとアリーナのブレスレットはお揃《そろ》いなのよね。はめてある石は違《ちが》うけど。はー」

「も、申し訳ありません」

バージルは『もっさい聖女』と自慢《じまん》の妹がお揃いのブレスレットをしているのが面白《おもしろ》くないようで。ええわかりますわかりますごめんなさい。

心の中で平身低頭していると、意外なことにシンディーが間に入ってくれた。

「……セレスティア様にもお似合いでは」

「あらぁ、めずらしい」

「……別に。思ったことを言ったまでです」

ぴゅう、と口笛を吹《ふ》くバージルと静かにレモンティーを飲むシンディー。どちらも、これまでのループとは私との関係が違っている。

こんな風に皆《みんな》で穏《おだ》やかにお茶を飲むなんて想像すらできなかった。これは夢ではないのかな。あ、ループしている私の人生自体が夢みたいなものだけれど。

「バージルはセレスティアに口うるさすぎないか？　セレスティアはこのままで十分だ」

と思えば、トラヴィスが余計な言葉を挟《はさ》むので私は身を縮めた。こうなってはもう何も言えない。

「やあねえ。お供するならあか抜《ぬ》けた聖女じゃなきゃ嫌《いや》よ！」

「セレスティアのどこがダサい？」

そもそもバージルはダサいとまでは言ってない。そろそろ自分がいたたまれなくなってきた。この辺で話を収めることにしようと思う。

「でも私はバージルさん好きです、だからこの話題はもう、」

「俺も好きだ」

「!? さっきと仰《おつしや》っていることが違わないですか!?」

「セレスティアが好きなものは俺も好きに決まっている。当たり前だろう」

「！」

清々《すがすが》しいまでの手のひら返しに顔を引き攣《つ》らせると、バージルがにやにやと笑った。普《ふ》段《だん》は綺麗な顔をしているのに、私とトラヴィスのやり取りを見るときだけその表情をするのはやめてほしい。ついでに、トラヴィスもこういうことを言うのは本当にやめて！

「ふふふふ。皆《みな》さん、楽しそうでいいですね」

「アリーナさん、準備はできましたか。こちらへ」

シンディーの言葉に我に返った。部屋の入り口からアリーナがころころと笑いながらこちらを覗《のぞ》いている。そうだ。私たちはただレモンティーを飲んでじゃれているのではなかった。これからアリーナの身体《からだ》を治すんだった。

「ふふふ。聖女様に身体の状態を整えていただけるなんて。本当に運がいいですね、私」

「そんなに大袈裟《おおげさ》なものではないです。ただ、少しだけ疲《つか》れにくくするだけです」

バージルとアリーナに今回のことは告げていない。『身体が丈夫《じょうぶ》になるように二人で回復魔法《まほう》を使う』とだけ話していた。余計な気遣《きづか》いをさせたくなかった。

早速《さっそく》アリーナをソファに座らせると、私は彼女の後ろに立ちシンディーは手首を握《にぎ》る。

「セレスティア様、準備は」

「大丈夫です。まず、身体の内部の弱った部分を修復していきます」

「へえ。『豊穣の聖女』が能力を使うのを初めて見るわねえ。今、ルーティニア王国の神殿に『豊穣の聖女』はいないもの」

興味深そうに見守るバージルの横顔に目が行く。

今、彼の手首にはひとつもアクセサリーがない。けれど、私が知っている彼は確かにアリーナのブレスレットをしていた。

最初の人生の私は、バージルに家族の話を聞かせてもらえるほど親しくはなかった。でも、この数か月の間に起こることが何となくわかる。

私の足元にいるリルがしっぽを振《ふ》った。

『セレスティアのまりょくはぼくがからだにためてあるよ』

「足りなくなったらそれをくれるっていうこと？」

『そう。でもなんかよゆうでたりそうだね』

そっか。それなら安心して。

《修復《リペア》》

わずかに手のひらが光って、聖属性の魔力《まりょく》が溢《あふ》れ出る。

『豊穣《ほうじょう》の聖女』の力はあらゆるものを修復して豊かに導くこと。

四回目のループでは枯《か》れた森を蘇《よみがえ》らせ、痩《や》せた農地を豊かにした。

人に使うこともあるけれど、扱《あつか》いが難しいし豊穣の聖女の存在がいろいろなバランスを崩してはいけない。

だから、秘密の術でもある。

私がアリーナの身体の綻《ほころ》びを修復する一方でシンディーは神力を使い回復魔法を施《ほどこ》す。

「……なんだか……身体が温かいですわ」

「すぐに終わりますからね」

微笑みかけると、アリーナの顔色がどんどん良くなっていくのが見えた。

足元でリルが準備して待っていてくれるけれど、私の魔力が切れる気配は全然ない。

たった数分で、アリーナの身体には生命力が漲《みなぎ》ったのだった。


翌日、私たちはミュコスの町を後にした。

アリーナは突然《とつぜん》調子がよくなった自分の身体にとても感動していて。

このレモンの庭を通って外まで来るのは久しぶり、と言いながら、うれしそうに門のところで手を振っていた。

シンディーに視線を送ると「ありがとうございます」と口元だけで示してくれた。その少しだけ染まった頰《ほお》を見ながら、私も喜びを嚙《か》みしめる。

――私にこの力があってよかった。

心からそう思った。


王都へと向かう汽車の中、私はシンディーから遠慮《えんりょ》がちに声をかけられる。

「セレスティア様と組む神官はまだ正式決定していないのですよね。……私も立候補してもいいでしょうか」

「えっ？」

抱《かか》えていた紙袋《かみぶくろ》からレモンがひとつころりと落ちて、列車の揺《ゆ》れにあわせて転がっていく。それをリルが追いかけていくのが見える。

突然の申し出に啞然《あぜん》とする私にシンディーは控《ひか》えめに微笑《ほほえ》んだ。

「トラヴィス様と張り合うのは厳しいですが、それでももし私にもチャンスがあるなら」

私と組みたい、という提案はもちろん、シンディーからこんなに優《やさ》しい笑顔《えがお》で話しかけられたのは過去のループを振り返っても初めてで。

うれしさと少しの困惑《こんわく》で目を瞬《まばた》く私の向かいでバージルが野太い声で叫《さけ》ぶ。

「シンディー、アンタ一体どういう風の吹き回しなの!?」

「バージルと同じです。セレスティア様にお仕えしたいと思っただけのことです」

「ちっ……違うわよアタシはこのダサい聖女が危なっかしいと思っただけよ！　聖女っていうのはねえ、希少な存在なのよ？　場面によっては多くを従えて跪《ひざまず》かせる必要があるのよ。自分の身の安全のためにもきちんと自己プロデュースできたほうがいいの！　だからもっさい聖女が心配で」

「セレスティアはダサくない」

トラヴィスもバージルの話にのるのは本当にやめてほしい。しかも、うれしさと同時に複雑な想《おも》いに包まれている私に追い打ちをかけてくる。

「大体にして、一番にセレスティアから組みたいという申し出を受けたのは俺だ。皆何か勘違《かんちが》いしてないか？」

ぎくり、と肩《かた》を震《ふる》わせた私はおずおずと申し出る。

「あの、それが勘違いというか間違《まちが》いだったというかその」

だって私のことを好きだと言い出すなんて完全に予想外だったしこんなに甘い声で囁《ささや》いてくるとかそもそも王族とか聞いてない！

「へえ。セレスティアはそういうことを言うんだ？」

隣に座っていたトラヴィスに手を握られて、私は心の中で「ひぇっ」と悲鳴をあげた。能力鑑定《かんてい》とエスコート以外で手に触《ふ》れられたのは初めてのことで。普段は好きだと言いつつ触れないように気遣ってくるのに、いきなりこんな風に押してくるのはやめてほしい。

車輪とレールが擦《こす》れる音や汽笛に、私の声にならない悲鳴とうるさいほどの心臓の音がかき消されていく。ここが汽車の中でよかった。静かな部屋だったら耐《た》えられない。

「別に、セレスティアが俺を好きにならなければいいだけの話。だよね？」

「！」

トラヴィスの碧《あお》い瞳《ひとみ》に至近距離《きょり》で見下ろされて、わずかすらも動けない。向かいからバージルが好奇心《こうきしん》いっぱいの目で私たちをにやにやと見てくる。本当に、やめてほしい。

私がこの神殿《しんでん》で暮らすようになったのは冬の終わりだった。

いつのまにか私のドレスの袖《そで》は短くなり、若葉が生《お》い茂《しげ》る季節になった。

ちなみにこの夏用のドレスが届いたとき、シンディーはよくお似合いですと静かに笑ってくれ、バージルは自分のセンスを褒《ほ》め称《たた》え、トラヴィスはなぜか口を押さえて固まった。

まだ、私と組む神官は決まっていない。

聖女として四つの力を持つ私には、七人の先輩《せんぱい》がいる。

『先見の聖女』の先輩が一人、『戦いの聖女』の先輩が三人、『癒《いや》しの聖女』の先輩が三人。

『豊穣の聖女』の先輩はいない。

だから、『豊穣の聖女』だった四回目のループのときは神殿にある巨大《きょだい》な図書館に通い詰《つ》め、ペアの神官と一緒《いっしょ》に必死に勉強した。

私はその神官のことをとても信頼《しんらい》できる人だと思っていた。

まあ結論から言うと、ただ私がどうかしていただけなのだけれど。

ここは、神殿の敷地《しきち》内にある図書館。王宮にある王立図書館に匹敵《ひってき》する蔵書数を誇《ほこ》り、数少ない聖女や神官が利用するためのものだ。

そして今、私の視線の先では、四回目のループで私の相棒だったその神官・エイドリアンが異母妹《いぼまい》・クリスティーナと一緒に勉強している。……いやなんで？

「何を見ているんだ？」

「母親違《ちが》いの妹と、（昔組んでいた）神官が二人で顔を寄せ合いきゃっきゃしながらお勉強しているところです」

「目障《めざわ》りなら退《ど》かそうか」

「や、やめてください」

一歩踏《ふ》み出したトラヴィスの腕《うで》をがしっと摑《つか》むと、彼は「冗談《じょうだん》だ」と言って笑った。

以前から思っていたことだけれど、トラヴィスは老若男女《ろうにゃくなんにょ》問わず人に好かれる……というか、熱狂的《ねっきょう》なファンを抱えがちという習性がある。そしてものすごく外面《そとづら》がいい。けれど、こうして仲良くしたいという意思を示してくれるのは私に対してだけで。私は誰《だれ》のことも好きにならないと決めているのに、その特別扱いがうれしくなることがあるから困る。困る。……困る！

両頰をぺしっと叩《たた》いた私は、こそこそと遠くのほうを指差した。

「向こうを通って行きましょう」

「いやいい。後ろめたいことなどないだろう？」

「うーん……でも」

できることなら見つかりたくない。

神殿内ではたまにクリスティーナに遭遇《そうぐう》することがある。

エイムズ伯爵《はくしゃく》家のお茶会での一件以来、スコールズ子爵《ししゃく》家の後妻とその娘《むすめ》に気をつけろという評判が社交界に広まった。

けれど、彼女の性格は変わらない。喉元過《のどもとす》ぎればなんとやら、さりげなく私よりも優位に立とうとしてくるところは一緒で、面倒《めんどう》でしかないのだ。

ちなみに、誰にでもお腹《なか》を見せ威厳《いげん》を欠く神獣《しんじゅう》・リルもクリスティーナだけにはお腹を見せることはない。

「エイムズ伯爵家でのお茶会以降、元婚約《こんやく》者から接触《せっしょく》はないんだよな？」

「はい。異母妹との関係も切れたようです。騙《だま》された、と吹聴《ふいちょう》しているようで。醜聞《しゅうぶん》もいいところで、両家にとって地獄《じごく》ですね」

「許せないな？」

「あ、でもその醜聞のおかげで私に関するひどい噂《うわさ》は完全に消えましたから。むしろ感謝したいぐらいです」

なぜ私がこんなに詳《くわ》しいのかというと、定期的に届くお父様からの手紙に書かれているからだ。私と継母《ままはは》たちのどちらが強いのか、チラチラ窺《うかが》うお父様ってわりと最低だと思う。

「トラヴィス様、何かお探しでしょうか」

突然《とつぜん》の声掛《こえか》けにびくっとすると、エイドリアンがいた。

さっきまで彼が座っていた場所は空席になっていて、クリスティーナがこちらを睨《にら》んでいる。

「いいや。彼女の付き添《そ》いなんだ」

「それは、失礼いたしました」

暗に『放《ほう》っておけ』というトラヴィスの応《こた》えにエイドリアンは深い礼を見せた。

神官たちは皆《みな》、トラヴィスに一目置いている。加えてエイドリアンは私の能力鑑定《かんてい》の場にいた。だからトラヴィスが連れているのは特別な聖女だということも知っている。

けれど、巫女《みこ》……主に私の異母妹、は違う。私たちのやり取りを見ていたクリスティーナが立ち上がり、つかつかとやってくる。

「……こんにちは、トラヴィス様。前にお茶会でお目にかかりましたクリスティーナです。あの時は妙《みょう》な誤解があり、お恥《は》ずかしいですわ。……お姉さまはいかがですか。あまり良い評判がない方で心配しているんです……あ、もちろん、私はお姉さまが好きですけれど！」

「……」

温度のない笑みを貼《は》り付けたトラヴィスを見て、エイドリアンが割って入る。

「クリスティーナ嬢《じょう》。その辺でおしまいにしてください。……申し訳ございません」

「……え？　私はただお姉さまのお友達にご挨拶《あいさつ》を」

クリスティーナのキラキラ滑《なめ》らかなブロンドヘアに透《す》き通ったアメジストの瞳は、本当に人目を引いて文句なく愛らしい。

私たちが並んだら、皆文句なしにクリスティーナのほうが聖女に見えると言いそうな気がする。悲しいので考えるのはやめた。

戸惑《とまど》いながらクリスティーナを制止しようとするエイドリアンの、黒い髪《かみ》と知的な印象の切れ長の瞳が私の視界に映る。

眼鏡をかけているので表情がわかりにくい感じはするけれど、表情だけでなくすべてがわからない人だ。

――四回目のループ、私は彼に王宮のバルコニーから落とされた。

あれは舞踏《ぶとう》会の夜だった。最後の記憶《きおく》が少し蘇《よみがえ》って、頭から血の気が引いていく感じがする。指先が冷たい。こわい。

そう思ったら、無意識のうちにトラヴィスが着ているシャツの袖を摑んでいた。

「……セレスティア？」

トラヴィスの心配そうな声が降ってくる。

今私が眩暈《めまい》を覚えているのは、クリスティーナがこわいからではない。四回目のループで私を殺した相手が、何を考えているかわからないからだ。

でもここでトラヴィスの陰《かげ》に隠《かく》れていてはクリスティーナと一緒だ。面倒は全部他人に任せて、自分は傷つかない。そんなのは嫌《いや》だ。

「エイドリアンさん、クリスティーナ。ここはそういった応酬《おうしゅう》をする場ではありません。図書館自体に用がなく、まだそのような会話を続けるようでしたら退出を」

「……！　な！」

クリスティーナの顔が赤くなったけれど、エイドリアンがその背中を押して礼をする。

「聖女・セレスティア様の仰《おっしゃ》る通りです。失礼いたしました、退出いたします……行きましょう」

「エ、エイドリアン様！　えっ……どうして？」

二人が出ていくのを見送った後、トラヴィスは私に向き直る。

「……何かあった？」

「話せません。でも、もう少しだけ袖《そで》を借りていてもいいですか」

「……もちろん」

エイドリアンとクリスティーナは去ったけれど、ほかの神官の集団が近づいてくる気配がして、私は頭をぶんぶん振《ふ》った。

きっとひどい顔をしている。しゃきっとしなければ。

そんな私の仕草を見ていたトラヴィスは、集団から遮《さえぎ》るように立ってくれた。彼が一歩近づいたときに感じる香水《こうすい》の匂《にお》いに涙腺《るいせん》が緩《ゆる》みそうになる。それは、最近の私の毎日に当たり前に存在しているもので。

それだけで、私はすごく安心してしまった。


四回目のループ。それは、それまでの繰《く》り返しの中で最も平和な始まりだった気がする。

お父様が強盗《ごうとう》に襲《おそ》われて死ぬことはなく、マーティン様に婚約破棄《こんやくはき》をされることもなく。

思えば、婚約破棄だけはこちらからしておけばよかったかな。

啓示《けいじ》の儀《ぎ》で『豊穣《ほうじょう》の聖女』の力を持つと言われた私は、すぐに神殿《しんでん》に入ることになった。

異母妹《いぼまい》のせいで支度金泥棒《したくきんどろぼう》とか騒《さわ》がれたけれど、もういつもの流れなので触《ふ》れない。

その先で出会ったのが神官・エイドリアンだった。

頭の回転が速く非常に理知的な神官として知られていた彼は、その時点で『豊穣の聖女』の先輩《せんぱい》がいない私の勉強相手として最適だと思われたのだと思う。

彼は継母とクリスティーナが広めている噂のことを知ってはいたけれど、わりと早い段階で味方になってくれた。

そして頼《たよ》る相手がいなかった私は、親身になって接してくれるエイドリアンのことを「一度目の人生で会ったトラヴィスみたい」と思った。

私たちはわりとうまくいっていた。そして、三年が経《た》ち十八歳になったある日、王宮で舞踏会があった。

そこで私は彼にバルコニーから突《つ》き落とされ、死んだ。

自室で回想していた私はパッと顔を上げる。意味がわからなすぎた。

「どう考えてもおかしいと思う。普通《ふつう》、相棒をいきなりバルコニーから突き落とす……っていうか、投げ捨てられたのかなあれは？　こう、ぽいっ、て」

『へんだねえ。でも、セレスティアはあまりひとをみるめがないんだねえ』

「……」

リルこそ、と言おうと思ったけれど、クリスティーナにはお腹を見せていなかったことを思い出した。うん。私より人を見る目は優秀《ゆうしゅう》だ、反論はできない。

『ねえ、ループ、ってなあに？』

「私は人生をくり返していてこれが五回目、ってこと。大体、好意を抱《いだ》いた相手に殺されている気がするの」

『じゃあ、エイドリアンのこともすきだったの？』

「まあ、十五歳で組んでから十八歳で殺されるまで一緒《いっしょ》にいたわけだし……」

『ねえ、もっとくわしくおしえてよ』

「……いや、なんで？」

「ええ」

回想が少し雑過ぎたので補足しようと思う。

バルコニーから落とされる数分前、私は舞踏会の会場でマーティン様から婚約破棄を告げられた。

ループの中で婚約期間最長だった。……ただ面倒《めんどう》だから放置していただけなのだけれど。

四回目のループともなると私のメンタルはわりと鍛《きた》えられていた。

だから、居丈高《いたけだか》に婚約破棄を告げてくるマーティン様の背後でクリスティーナがにやりと笑うのを見て、あっさりキレてしまったのだ。

言いたいことを言って退場した後、私は頭を冷やすためにバルコニーへと向かった。

けれど、それを追いかけてきた相棒・エイドリアンの表情はいつもと違《ちが》っていて。

見たこともないほどひどく冷たい目をした彼は言ったのだ。

『君がクリスティーナ嬢に危害を加えないよう、ずっと見張っていた』と。

そして、彼はポケットから蝶《ちょう》の刺繍《ししゅう》が入ったハンカチを取り出した。それはかつて、クリスティーナに頼《たの》まれて私が刺《さ》したもので。

それを愛《いと》おしそうに見つめながら、エイドリアンは呟《つぶや》いた。

『クリスティーナ嬢がこの神殿に通うようになって半年ほどした頃《ころ》に貰《もら》った宝物だ。賢《かしこ》さしか褒《ほ》められたことのない自分に優《やさ》しい言葉をかけ、心配してくれたのは彼女が初めてだった』って。

その後、彼はバルコニーから私を放《ほう》り投げるという暴挙に出た。おしまい。

「なんというか……エイドリアンはクリスティーナのような手練《てだ》れにかかったら、一瞬《いっしゅん》で落ちてしまうと思う」

さっき図書館で見た光景が蘇る。楽しそうに顔を寄せ合う二人。面倒なことにならなければいいなと思ってしまう。

『だいじょうぶだよ？　セレスティアはぼくをよびだせるぐらいつよいせいじょなんだから』

一通り話を聞いて納得《なっとく》したらしいリルはうるうるした瞳《ひとみ》でこちらを見つめてくる。顔の周りを撫《な》でるとゴロゴロと鳴った気がした。かわいい。猫《ねこ》かな。あ、犬だった。

『フェンリルだよ、ぼく』

「あ、ごめん、声に出てた」

『でもほんとうに、ぼくはいつだってほんらいのすがたにもどれるからね。いくらしんかんでも、ひとひねり。あるじがこまっていたら、ぼくがかわりにやる』

……ひとひねり？　やる？　なんだか物騒《ぶっそう》な話になってきたので、そろそろこの会話を切り上げようと思う。

でも、リルのおかげでエイドリアンへの怖《こわ》いという感情は少し薄《うす》まった気がする。思い返してみると、人からの愛情に飢《う》えた不器用な人だったのかもしれない。

「ありがとう、リル」

『たよりにしてね』

リルはふかふかのしっぽをぶんぶん振ってくれた。


その後、夕食を食べようと訪《おとず》れた食堂でガシャンと音がした。

そちらを見るとエイドリアンがいた。なるべく関《かか》わらないようにしよう、と思ったけれど彼の足から血が出ていることに気がついて、私は彼のもとに向かう。

「どうかなさいましたか？」

「……セレスティア様。割れた食器をうっかり踏《ふ》んで、足に刺さってしまいまして」

靴《くつ》を履《は》いているのに、どうやったらそんなことになるの。

そういえば、頭は切れるし知識は豊かだったけれどこういう人だった。思わず苦笑《くしょう》してしまった私は彼の足に手をかざす。結構ひどい怪我《けが》に見える。しかも、足。

緊急事態《きんきゅう》以外は回復魔法《まほう》を使わずに自然治癒《ちゆ》することが推奨《すいしょう》されているけれど、これは間違《まちが》いなく使ってもいい場面だと思う。

「な、何を」

「エイドリアンさんもご存じの通り、私には回復魔法が使えますから」

「私ごときに聖女様の魔法をお使いいただくわけにはまいりません」

神官たちは皆《みな》こういうことを言う。すんなり回復魔法をかけさせてくれるのは、顔に怪我をしたバージルぐらいな気がする。食い下がってもきっと無駄《むだ》だ。

「……ではこれで止血を」

私は一枚のハンカチを取り出した。白地に、端《はし》には蝶の刺繡が入っているものだった。

「こんな綺麗《きれい》なもので血をふくわけには」

「これしかなくて申し訳ございません。医務室に着くまでの応急処置にお使いください」

にっこり笑ってみせると、エイドリアンの頰《ほお》には少しだけ赤みが差した。

「大切に……使わせていただきます」

「大したものでは」

私は軽く頭を下げると自分のテーブルへと戻《もど》った。

クリスティーナに籠絡《ろうらく》さえされなければ、エイドリアンは悪い人じゃない。こちら側につけるために動くこともできなくはない……けれど、この前の人生で私を殺した人に積極的に関わるのはやっぱり怖い。そっとしておこう。うん。

そういえば、エイドリアンは四回目のループでクリスティーナへの歪《ゆが》んだ愛を告白しながら、ポケットから刺繡入りのハンカチを取り出して見せてくれた。それにも蝶の刺繡がしてあった気がする。

クリスティーナはまだ彼にハンカチをプレゼントしていないのかな。でも、今回のループで私はもう彼女の嘘《うそ》に協力していない。刺繍《ししゅう》が苦手な彼女は他のものをあげるのかも。

私は、些細《ささい》な引っ掛《か》かりをやり過ごしたのだけれど。


翌朝、大神官様に呼び出された私は、エイドリアンが相棒に立候補したことを知った。

その背後には、すっごく不満そうな表情のトラヴィスがいる。

いや、どうしてこうなった。

「エイドリアンに何を言ったの？」

「全然心当たりが……」

ないわけではないけれど、まさかハンカチ一枚でころんと落ちる人っているのかな。あ、いたかもしれない。しかも、それって四回目のループのエイドリアン張本人だった。

私たちのやり取りを聞いていた大神官様は頭をかきかき仰《おっしゃ》る。

「昨夜《ゆうべ》、エイドリアンがわしの部屋を訪れ、急にセレスティアと組みたいと言い出してのう。足からはなぜか血が流れていて、自然治癒を待つ状態ではなかったんじゃ。シンディーを呼んで回復魔法をかけることになったんじゃが」

いや、ねえハンカチは？

ぽかんとした私に、トラヴィスはずいと一歩近寄る。

「昨日図書館で会ったときにはそんな素振《そぶ》りなかったよな？」

「ええ、まあ」

むしろ私は怖がって震《ふる》えていたぐらいです……。

「もう、いっそのこと全員をセレスティアの護衛につけるかのう。まぁ、それぐらいしてもいいとは思うのじゃ」

「あの、お忙《いそが》しい神官方を無駄に働かせないでください」

むしろ護衛という意味では不要な気もします。

「しかし、セレスティアが神殿《しんでん》に来てから半年以上が過ぎた。そろそろ外での任務も出てくるじゃろう」

大神官様の返答に、私は言葉を詰《つ》まらせる。

そう。ここから私が知っている数年間はイベントが目白押しなのだ。まず気をつけないといけないのは、少し後に到来《とうらい》する彗星《すいせい》だった。

その彗星による被害《ひがい》を避《さ》けたら、次は長い眠《ねむ》りについていた黒竜《こくりゅう》が目覚めてしまう。そして同時に異世界から勇者がやってくるのだ。

私はこの辺で神殿から逃《に》げ出したい。過去のループで得た予備知識から考えると、彗星による被害を抑《おさ》えるところまで見届けられれば何とかなる気がする。

そうしたら、この人とも離《はな》れることになる……そう思ったら、私は無意識のうちにトラヴィスを見つめていた。彼はずっと不機嫌《ふきげん》だったけれど、目が合うと緊張《きんちょう》を解いてくれた。

「なに。今、あまり機嫌がよくないんだが？」

「ご、ごめんなさい？」

すると、ぷっ、と笑う気配がして大神官様は部屋から退出されてしまった。リルはここに来る途中《とちゅう》にあった中庭でお昼寝《ひるね》中。

ということで、この部屋には私たち二人きりになってしまった。

トラヴィスは応接セットのソファではなく床《ゆか》にしゃがみこみ頬杖《ほおづえ》をつく。その仕草が少し子どもっぽくて拗《す》ねているみたいに見える。

「トラヴィス様、どうしたのですか。どこか具合でも」

「……」

子どもかな？　敬称《けいしょう》をつけたからといって無視しないでほしい。

「トラヴィス」

「何」

本当に子どもだった。彼の佇《たたず》まいに遠くから黄色い悲鳴をあげている巫女《みこ》たちに、この姿を一度見てみてほしい。

「何か私は悪いことをしましたか……？」

「バージルにシンディー。君の相棒になりたいと申し出たのはエイドリアンで三人目だ」

うけれど。

「ええそうですね」

三回目の相棒、ノアも申し出てくれればコンプリート。まぁ、さすがにそれはないだろう。

きっと、ループしているからこそのあれこれが活《い》かされてこうなったのだろう。でも、どうせなら過去の人生で仲良くして欲しかった。

「……セレスティアの良さを知る人がたくさん出てきたのは本当にいいことだと思う。正直、初めて会った日は後ろにいる四人の神官の態度に引いた。だから俺に組もうって言ってくれたんだよな？」

「確かにそう申し上げましたが……」

目を逸《そ》らして濁《にご》すと、トラヴィスはへらりと顔を引き攣《つ》らせ笑った。自分が不誠実だし、ひどい態度なのはわかっている。

でも、私はこの人だけは好きになってはいけない。もしトラヴィスに殺されるなんてことになったら、こんな風に希望を持って次のループを生きられない。

トラヴィスの、下から見上げてくる子犬みたいな眼差《まなざ》しはいつもと大きなギャップがあって、きゅんとする。……違《ちが》うそうじゃないのに。

どうしたらいいのかわからなくなって、私も一緒《いっしょ》にしゃがんでみた。顔が近づいて、トラヴィスがはー、と息を吐《は》く。

「……エイムズ伯爵邸《はくしゃくてい》のお茶会のあと、一方的に想《おも》うだけならいいだろう、って言ったのがよくなかった？」

「確かにそれは大きかったです」

「でも、言わずにいられなかったんだ」

「それは我慢《がまん》してくれたらよかったのに。そうしたら、」

「俺を側《そば》に置いてくれた？」

「！」

自然にハイ、と答えそうになった私は慌《あわ》てて頭を振《ふ》った。期待をさせることがどんなにひどいことかぐらいは私にもわかる。

「俺は確かに言った。君は好きにならなければいい、と。でも」

いつもと違う話し方に、彼の素《す》が出ているようでどきりとしてしまう。

「どうして俺じゃだめなわけ」

「……それは」

死にたくないから、なんてふざけた答えでは許されない気がして。私は何も言えずに俯《うつむ》いたのだった。

第四章 ＊ 彗星

それから一年近くが経《た》った。

そろそろ彗星が降ってくる時期のはずだけれど、まだ何の知らせもない。自然現象だけに先手を打つこともできない私は、極《きわ》めて平和な毎日を送っていた。

ということで、最近、賑《にぎ》やかになりつつある私の周りを紹介《しょうかい》したいと思います。

今日の朝食メンバーは、私の左にはトラヴィス、右にはシンディー、向かいにはバージル、その隣《となり》にはエイドリアン。忙しいはずの神官が勢ぞろいです。

もぐもぐと口を動かしていると、トラヴィスに顔を覗《のぞ》き込まれました。

「そういえば、セレスティアってトキア皇国の料理が好きだよね？」

「そ、そうでしょうか」

「だって、グルナサンド……ベリーソースとチキンのサンドイッチをよく食べているだろう？」

「たっ……ただ、おいしいなぁって」

慌てて私は手もとのサンドイッチを口の中に押し込みます。

グルナサンドと呼ばれるトキア皇国の郷土料理を、ルーティニア王国から一歩も出たことがない私が好んでいるのは確かに変な話で。

でも、一度目の人生で好きになってしまったのだから仕方がないと思います。

ちなみに、グルナサンドは食堂の朝食メニューとしてレギュラー化しつつあります。

お茶の時間にはミュコス産のレモンをたっぷり使ったレモンティーも出て、大変な人気を博しています。食堂の柔軟《じゅうなん》な対応に感謝しかありません。

「そういえばそうよねえ。でもいいのよ。ベリーソースはお肌《はだ》にいいしアンチエイジングに効果があるんだから……ってアンタにはいらないわね！　それよりも肉食べなさい肉！　ガリッガリの身体《からだ》じゃドレスが映《は》えないのよもったいないわ！　王宮の夜会に呼ばれたときに肩回《かたまわ》りを出せないドレスを選ぶなんて嫌《いや》だからね!?　せっかくこんなにお肌がぷるぷるなのに人に見せないなんてどうかしてるのよ！」

「バージルさん、私そんなイベントに呼ばれていません」

「そのうち呼ばれるでしょう！　規格外の聖女なんだから」

呼ばれたくないです。

「はい、食べて？」

なけなしの理性で不遜《ふそん》な言葉を呑《の》み込んだ後、トラヴィスから差し出されたスプーンに私は目を見張ります。

たまご色のおいしそうなプリンと少しの生クリーム、ラズベリー。

え、これを食べるの？　ていうか、朝食でこのメニューって何？　視線で聞くと、トラヴィスはものすごく爽《さわ》やかな笑顔《えがお》をくれます。

「大丈夫《だいじょうぶ》、スプーンは新しくて綺麗だから気にしなくていい」

違うそうじゃない。

バージルがにやにやとこちらを見ている気配がしたので、やけになった私はそのままスプーンをぱくりと口に入れました。

「おいしい？」

「……味がしません」

「そう？　おかしいな」

『セレスティア、かおがあかいよ？』

リルは黙《だま》っていてほしいです。

私に甘い言葉を吐きまくってくるトラヴィスとの関係はずっと変わりません。

でも、私に応《こた》えてほしいというエゴのようなものは感じられなくて、本当に想ってくれているだけなのだとわかるのがまたきついところで。

優《やさ》しくて頼《たよ》れておまけに顔もいい。こんな人からの好意をはね返す方法があったら、教えてほしいです。もちろん、生きるためにははね返す決意だけれど！

「セレスティア様、どうぞ」

「あ、ありがとうございます」

そうしているうちに、エイドリアンがナプキンを差し出してくれました。口の端《はし》に生クリームがついてしまったみたいです。

エイドリアンにはすっかり懐《なつ》かれてしまいました。初めは何か企《たくら》んでいるのかと警戒《けいかい》したりもしました。けれど、そんなの全くなかった！

私よりも五歳も年上の彼が、逐一《ちくいち》私の動向を気遣《きづか》って何かと助けてくれる姿は、リルよりも犬のように見えてしまうことがあります。あ、リルはフェンリルだけれど。

過去の人生ではもっと大人っぽい人だと思っていたのに、ギャップにびっくりします。クリスティーナに騙《だま》されて、私をバルコニーからぽいっと投げたのにもなんだか納得《なっとく》してしまいました。

「セレスティア様。今日は癒《いや》しの聖女様方の研修に参加することになっていると伺《うかが》いました。会場まで私がご案内しましょう」

「シンディーさん、ありがとうございます」

こんな私たちをいつもニコニコと見守っていてくれるのがシンディーで。バージルの私の外見に関する評価が厳しすぎるときなんかは、裏で一言言ってくれているみたいです。もう好き。あ、好きになってはいけない。

私の近況《きんきょう》はこんなところです。おしまい。

「……聖女・セレスティア様」

最近、異母妹《いぼまい》のクリスティーナとは別行動をしているらしい巫女《みこ》のアンナに呼ばれて、私は振り返った。

「おはようございます。何かありましたか？」

「至急、聖堂に来るようにと大神官様がお呼びです」

この時期、このタイミング、この緊迫感《きんぱくかん》。

あ、きた。

そう思った私は呆《ほう》けていた頭を切り替《か》えると、慌てて聖堂へと向かったのだった。

「セレスティア。こっちじゃ」

聖堂には私以外の聖女が何人か先着していた。

その真ん中、祭壇《さいだん》の前で倒《たお》れているのはもう一人の『先見の聖女』クラリッサ様だった。

心配そうにして彼女を介抱《かいほう》するペアの神官と、深刻な表情の大神官様、回復魔法《まほう》を試みる『癒しの聖女』。

「大神官様。クラリッサ様は……」

「未来予知をするのに力を使いすぎたようじゃ。まだ本人から何を見たのか聞けていないのじゃが、大きな予知をした可能性がある」

私にはわかる。彼女は彗星《すいせい》を見たのだ。

——この日から三日後に、王都から離《はな》れた辺境の町に彗星が落ちる。

一度目のとき、私は『先見の聖女』の力を使い町が一瞬《いっしゅん》にして消えるのを見た。

そのときはなぜそうなるのかはわからなかったけれど、とにかく住人を避難《ひなん》させ、大事には至らなかった。

二度目から四度目のとき、ルーティニア王国には『先見の聖女』はクラリッサ一人きり。彼女から『星が切り離されるのを見ました』という予言があって、私はそれが辺境の町ではないかと進言したけれど、当然信じてもらえるはずもなく。

けれど、学者たちが必死になって場所を突《つ》き止め、避難は間一髪《かんいっぱつ》のところで間に合った。

「先見の聖女として長年務めるクラリッサが気を失うほどの未来じゃ。きっと、余程《よほど》のものに違《ちが》いない。彼女には無理をさせるが、回復魔法を施《ほどこ》して一刻も早く何を見たのか聞きたいんじゃ。手伝ってくれるかのう」

どうやら、私が呼ばれたのはクラリッサを回復させて目を覚まさせるためのようだ。周囲を見回すと、ここに集まっているのは『癒しの聖女』ばかり。

けれど、どうしてもそれが最善策とは思えなかった私は口を開いた。

「あの。私もここで未来を見てみてもいいでしょうか」

「悪くはないが……二人とも倒れられてしまったらのう」

言葉を濁《にご》す大神官様に私は微笑《ほほえ》みを返す。

「大丈夫です。私に備わっている聖属性の魔力量《まりよく》に関しては大神官様が一番よく知っておいでのはずです」

「じゃが。クラリッサが何を見たのか聞いたうえでのほうがいいんじゃないかのう」

聖女だけではなく、魔力を使いすぎて気絶した人を回復魔法で無理に起こすのは決して褒《ほ》められた方法ではない。

「クラリッサ様のお身体のことを考えると、回復魔法で目覚めさせるのは避《さ》けたほうがよいのでは。それから、私にはリルもいます」

『ます！』

私の肩から下りたリルが得意げにお腹《なか》をさらす。かわいい。

「そうか。万一魔力が尽《つ》きそうになっても、フェンリルが魔力を満たす、と」

『そうだよ。セレスティアのまりょくをいっぱいたべてるから、だいじょうぶだよ』

「はい。大神官様、許可を」

「……あいわかった。許そう、聖女・セレスティア」

大神官様が承諾《しょうだく》してくださると、クラリッサは数人の神官たちによって医務室へと運ばれて行った。

それを見送ってから、私は祭壇の前に跪《ひざまず》き指を組む。

見えるものはわかっている。けれど、町を消さずに残す方法はないものだろうか。

私の人生はループ五回目。どれも違う人生を選んできたように、あの辺境の町の未来も変えられたらいいのに。

聖属性の魔力を流すと、暗闇《くらやみ》が少しずつ薄《うす》くなって映像が見えてきた。

ざあざあとした雑音が聞こえて、その映像に関《かか》わる詳細《しょうさい》な会話までは聞こえない。

少し不思議な感覚の先に見える映像に精神を研《と》ぎ澄《す》ましていると、彗星から切り離された欠片《かけら》が落ちてくるのが見えた。

それはぐんぐんと光を帯びながら、この国に向かっている。

周りの空には、何かにぶつかって砕《くだ》けたらしい細かい星の粒《つぶ》がたくさん見える。けれど、私が今見ている欠片は抵抗《ていこう》を受けても燃《も》え尽きることはなく、そして。

——空の真ん中で何かに当たって粉々に弾《はじ》け、しゅわっと消えた。

「あれ?」

見えたものが予想とあまりに違うので、私は素《す》っ頓狂《とんきょう》な声をあげてしまった。

いざというときに私に魔力を渡《わた》そうと一緒《いっしょ》に祭壇の前に座り込んでいたリルが鼻先までやってきて、首を傾《かし》げる。

『どうしたの。だいじょうぶ、セレスティア』

「ええ、問題ないのだけど」

『うん。まりょくもぜんぜんへっていないね』

「ええ、そんな感じがする。だって元気だもの……でも」

答えかけたところで、大神官様が私の視界に割りこんできた。

「もう見えたのか」

大神官様は驚《おどろ》きに目を丸くしている。

そういえばそうだ。『先見の聖女』が力を使うときは、数日間この聖堂に籠《こも》って祈《いの》るのが当たり前なのだから。

クラリッサも、三日ほど前から身を清めてこの聖堂に籠りきりになっていた。私がすぐに未来を見られるのは、聖属性の魔力が強いからなのだろう。

「はい……あの」

「何を見たのじゃ」

「……三日後に、辺境の町サシェに彗星が落ち……」

ます、でいいのかな今のは？

私が見てきた過去四回のループでは、星が降ってきてひとつの地域が消えた。

けれど、今見た未来では落ちていなかった？　ていうか、彗星の欠片が粉々に砕けて消えていたような？　これは、町が守られるっていうことなのかな。

迷っているうちに、大神官様は顔を真っ青にして叫《さけ》んだ。

「これは一大事じゃ。……急ぎ国王へ知らせを！」

聖堂の入り口近くにいた数人の神官が外に走っていくのが見える。確かに、こんなに大きな『予言』だ。一刻も早く王宮に知らせなくてはいけない。

「あの……大神官様。彗星が落ちたかどうかはわからないのです」

「どういうことじゃ？」

「町の上空に星が現れた後、何かに当たってしゅわっと消えてしまいまして」

「……」

「もしかしたら、それは」

大神官様と二人で首をひねっていると、トラヴィスの声がした。いつの間にかこの聖堂に到着《とうちゃく》していたらしい。

「王国騎士《きし》団の精鋭《せいえい》部隊によるものかもしれないな。攻撃魔《こうげきま》法《ほう》同士でも、同じ威力《いりょく》のものがぶつかれば相殺《そうさい》される。それを応用して彗星をはね返そうとしたのかもしれない」

「トラヴィス。確かに理論上は可能かもしれないがのう」

「サシェの町の住民を避難させて、安全を確保したうえでなら試《ため》してみる価値はあるかもしれないですね」

「よし。ではその未来も王宮に伝えよう」

大神官様とトラヴィスの会話を聞きながら、私はなんだか腑《ふ》に落ちなかった。

だって、そんなことができるのならどうしてこれまでのループではその方法をとらなかったんだろう。ただ思いつかなかっただけ？

どうしても納得《なっとく》がいかない私は、おずおずと申し出てみる。

「あのう、大神官様」

「なんじゃ、聖女・セレスティア」

「私もサシェの町へ行ってもいいでしょうか」

「ううむ」

「だめだ」

一瞬《いっしゅん》だけ考えてくれる仕草を見せた大神官様の前に立ちはだかったのは、やっぱりトラヴィスだった。

「どうしてですか、トラヴィス」

「何があるかわからないだろう。そんな危険な場所にセレスティアを行かせるわけにはいかない」

「ま……まぁ……トラヴィスがそう言うならそうじゃのう」

「もう、大神官様！」

私は大神官様をキッと睨《にら》んだ。この場合、どちらを落とすかと言えばトラヴィスだろう。トラヴィスが首を縦に振《ふ》れば、大神官様も許可してくださるからだ。

けれど、どちらを落とすのが簡単かという問題になると、その答えは圧倒《あっとう》的に大神官様のほうだった。

「大神官様のお部屋の……大きな本棚《ほんだな》の一番上の段には」

「むう！」

そこまで言った途端《とたん》、大神官様の目が泳いだ。

やっぱり今回の人生でもそうなのだ。これはいける、そう思ったところで、狙《ねら》い通り不思議そうな顔をした一人の聖女が聞いてくる。

「本棚の一番上の段に、何があるのでしょうか？」

秘密のお酒があるのです。

本に見せかけたケースの中に、そのお酒はある。何度目かの人生で私はそれを知った。

あの時、私にとっておきのお酒を振る舞《ま》ってくれた大神官様には申し訳ないけれど、背に腹は替えられない。ごめんなさい、大神官様。

「一番上の段にある、濃《こ》い緑色の本を持ち上げてみてくだ」

「仕方がない。聖女・セレスティアの同行を許そう」

「大神官様⁉」

驚愕《きょうがく》の表情を浮《う》かべるトラヴィスを横目に、私は心の中で手を組む。

ちなみに、大神官様の名誉《めいよ》のために言っておくと、ルーティニア王国の神殿《しんでん》に仕える者に対して嗜好《しこう》品は制限されていない。

「しかし……聖女・セレスティアにはそこまで見えるかのう」

「規格外の聖女……みたいですからね、私は」

トラヴィスから向けられる不満げな視線には気がつかないふりをして、私はにっこりと微笑《ほほえ》んだのだった。


私たちはその日のうちに、辺境の町・サシェへと出発することになった。

本来なら、万一のことを考えて聖女や神官を複数派遣《はけん》しなければいけないところらしい。けれど今回は一刻を争う。派遣メンバーを厳選する前に、準備が整っている聖女と神官から出発を、ということになってしまった。

つまり、必然とこうなる。

「……どうして私の隣《となり》にいるんですか……」

「大神官様の命令とあっては仕方がないだろう？」

汽車の車窓を眺《なが》め、ため息をついた私に爽《さわ》やかな笑顔《えがお》を返すのはトラヴィスだった。この人生、神殿から承《うけたまわ》った初めての遠征《えんせい》任務に同行してくれるのが彼だなんて、聞いていない。

けれど、トラヴィスが私に同行することになったのは大神官様の命令によるもので。目をかける聖女の私が危険地帯へ赴《おもむ》くのに、自分の腹心をつけるのは当然のことなのだ。

何とか自分を納得させていると、傍《かたわ》らのリルがぴくりと耳を震《ふる》わせた。

『セレスティア。なんだか、セレスティアににたかんじのひとがくる』

「……私に？」

『そう、クリスティーナみたいに、セレスティアとにたかんじのひと』

この汽車は今回の事態に対処するため特別にサシェの町に向かっている。私のほかに国から派遣された人員も多数乗っているのだ。

リルは神獣《しんじゅう》らしく、人を見抜《みぬ》く力があるらしい。私とクリスティーナのことも「けはいがにてるけどなかみがべつもの」と言ったりする。

私に似た感じの人、って。

先日、巫女《みこ》の昇格《しょうかく》試験に落ちたクリスティーナが今回の派遣対象になり得ないことは知っている。となると、誰《だれ》？

そのうちに、がちゃりと音がして私たちが乗っている客車の扉《とびら》が開いた。

「……ん？　これは、セレスティアじゃないか!?」

「お、お父様」

現れたのは、私がここ一年半ほど手紙をスルーし続けているお父様だった。啓示《けいじ》の儀《ぎ》を受け、マーティン様に婚約《こんやく》解消を申し入れて以来、私はスコールズ子爵《ししゃく》家とは完全に疎遠《そえん》になっている。

私がお父様に会うのはほぼ一年半ぶりのこと。けれど、久しぶりの再会に沸《わ》き上がるのは喜びではなく嫌悪感《けんおかん》だった。

「こんなところで……セレスティア、どうしたのだ」

「私は聖女ですから。お父様こそどうなさったのですか」

「ああ、そうだったか。今回、私もサシェの町へ派遣されてね。王都に戻《もど》っているところに、国から要請《ようせい》があったのだ」

なんとか表情を取り繕《つくろ》って会話をかわす。家族のあれこれに関しては、マイルドに表現してもぽんこつ……いえ、クズ極《きわ》まりないお父様だ。

しかし人を動かすという視点で見れば優秀《ゆうしゅう》なのは、過去のループでお父様を失った領民が飢《う》えたことからもわかると思う。こういった非常事態に声がかかってもおかしくはない。

「……そちらは？」

トラヴィスに向けられた、不躾《ぶしつけ》なお父様の問い。

できればフルネームを答えてほしくない。長いものに巻かれ、強いほうにひれ伏《ふ》すお父様がこちらに来ては困る。

「トラヴィスと申します。聖女・セレスティア様に同行する神官です」

空気を読んだトラヴィスに続いて、リルも『リルです』と小声で自己紹介《しょうかい》をした。当然お腹《なか》を見せることもなくて、えらくてかわいい。

「……ほう。セレスティアが一人前に聖女としての任務に就《つ》いているとは。マーシャやクリスティーナからはいい話を聞かなくてね。手紙に返事もくれないものだから、随分《ずいぶん》心配していたんだよ」

「……そうですか」

私が神殿に入ってすぐに招待された、エイムズ伯爵《はくしゃく》家のお茶会。そこで私がクリスティーナと継母《ままはは》を袖《そで》にしたことはお父様の耳に入っている。

そこでの振る舞《ま》いについて問い質《ただ》す内容の手紙が定期的に届いているみたいだけれど、私は一度も返事をしたことがなかった。

最初に来た手紙に『話し合えばわかる』とお手本のような定型文が書いてあったのを見て以来、封《ふう》を切る気すらなくしてしまったのだ。

マーティン様といい、お父様といい、どうして皆《みんな》こうもゴミを量産するのかな。けれど、お父様に私の落胆《らくたん》は通じていない様子だった。

「マーシャからはセレスティアが神殿でうまくやれていないと聞いている」

「そのようなことは。大丈夫《だいじょうぶ》ですわ」

「クリスティーナが昇格試験に落ちたのにはセレスティアが関《かか》わっていると聞いたが……。まさか姉妹でそんな細工をするなんてありえないだろう？」

「当然ですわ」

何を仰《おつしや》っているのかなお父様は？

『ねえ、ひとひねりしていい？』

さすがにそれはだめ。私は不機嫌《ふきげん》そうなリルを慌《あわ》ててコートの中に隠《かく》す。

けれど、この客車には私たち以外にも神殿から派遣された神官が乗車している。私に関する『母親違《ちが》いの妹をいじめる意地悪な姉』という誤解は解けているけれど、この会話を聞かれてはまた妙《みよう》な噂《うわさ》が広まってしまいそうで。

リルがひとひねりしないのなら、私がする必要があるだろう。

「黙《だま》ってください」と言おうとした私を制したのはトラヴィスだった。

「スコールズ子爵。この客車は神殿から派遣された者たち用に貸し切られています。神力や魔力《まりよく》を整えるために部外者の立ち入りはご遠慮《えんりよ》いただいております。家族としての語らいが必要でしたら、王都にお戻りになってからがよろしいかと」

穏《おだ》やかながらも有無《うむ》を言わせない物言いにお父様がぐっ、と固まったのがわかる。

「そ、そうだったな。すまない、神官殿《どの》」

「いいえ。ご理解いただけて何よりです」

トラヴィスの上品な笑顔に見送られてお父様は奥の客車へと消えて行った。私はため息をついて、彼に頭を下げる。

「……ありがとうございます」

「セレスティアのお父上は……随分な人だな」

「エイムズ伯爵家のお茶会に一緒《いっしょ》に出てくださったトラヴィスなら、何となくわかっていたでしょう？」

「まぁ、そうだな」

苦笑《くしょう》しつつ、トラヴィスは続けた。

「お礼はいいから、約束して欲しい」

「……何をですか？」

「サシェの町に着いたら……というか、もう今の時点で単独行動は慎《つつし》んでほしい。君の父親が面倒《めんどう》なことを言うかもしれない、だけじゃなく任務には危険がつきものだ」

「……はい」

彼からのお願いは神官として当然のことだった。

遠征任務は今世では初めてだけれど、四回目までのループでは何度も経験がある。いろいろな危険と隣《とな》り合わせの、緊張感《きんちょうかん》ある任務なのだ。

突然《とつぜん》、炎《ほのお》が迫《せま》りくる最前線に押し出されて死んだ聖女もいる。まぁ、二度目の人生の私のことだけれど。

すんなりと頷《うなず》いた私に、トラヴィスは少し面食《めんく》らった様子を見せる。

「素直《すなお》だな。もっと嫌《いや》がるかと思った」

「任務ですから。私も、あなたの命を危険にさらしたりはしません。どうぞよろしくお願いいたします」

私が手を差し出すと、彼は手を握《にぎ》りかえしてくれた。私の手よりもずっと大きくてひんやりとした、優《やさ》しい手。

今から王都に帰るまで、私はトラヴィスとずうっと一緒に過ごすことになる。これまでのループでも、相棒だった神官とはそうやって過ごしてきた。

だから、今目の前で見たトラヴィスの笑顔《えがお》にどきりとしてしまったのは何かの間違《まちが》い。ドキドキしつつ実は安心したのも、一緒にいることをうれしく思う気持ちが覗《のぞ》いてしまったのも、全部間違いに違いない。

「セレスティアはサシェの町に行ったことがある？」

「……いいえ。ないです」

「あ、その敬語もやめてもらおうかな。この任務限定とはいえ、相棒だろう？」

「！　それはさすがに」

私はぶんぶんと頭を振《ふ》る。確かに一度目の人生では気軽に話していたけれど、彼の出自を知ってしまった今は無理すぎる。

大体にして名前を呼び捨てで呼び合うなんて、特別な関係に見えてしまう。ただでさえ神官たちからの生温《なまぬる》い視線が痛いところなのに、これ以上外堀《そとぼり》を埋《う》めるのはやめてほしい。

「いいから。普通《ふつう》は神官の方がへりくだるものなんだ。このままじゃおかしいから。深い意味はない、大丈夫」

「大丈夫、って」

「あ、そうだ」

楽しげなトラヴィスは、私の耳元に少しだけ唇《くちびる》を近づけた。距離《きょり》はきちんと取ってくれているけれど、急な接近に眩暈《めまい》がしそう。違う、眩暈を起こしている場合じゃない。死にたくない。

それなのに、彼はさらに追い打ちをかけてくる。

「俺は神官として、聖女・セレスティアに仕える。ただ、もし命を懸《か》けたとしたらそれは神官としてじゃない。覚えておいて」

「！」

無理。ほんと無理です。

そして『命を懸ける』なんてふざけているのかと思えば彼の瞳《ひとみ》は真剣《しんけん》で。私の声にならない悲鳴は汽笛でかき消されたのだった。

サシェの町に到着《とうちゃく》したのは翌日の昼過ぎだった。駅のホームでふうと息を吐《は》いた私をトラヴィスは気遣《きづか》ってくれる。

「汽車の椅子《いす》ではあまり眠《ねむ》れなかったんじゃないか？　大丈夫？」

「はい。でも緊張してそれどころではなくて」

彗星《すいせい》が到来《とうらい》するのは今から二日後の明け方。今回は、王国騎士《きし》団の精鋭《せいえい》部隊が攻撃魔法《こうげきまほう》で町を守るらしい。

けれど……どうしても引っかかる。

これまでの四回のループでは人の命は守れても町自体までは守れなかった。それなのに、私が見たのは彗星を粉々に砕《くだ》く未来で。状況《じょうきょう》に合わせて新しい未来ができることには慣れているはずなのに、違和感《いわかん》があってもやもやする。

「俺と一緒にいれば大丈夫。予定通りにいけば、聖女の力を使う機会はないはずだ」

「ありがとうございます」

「……セレスティア、さっき言ったよな？」

トラヴィスが私の唇に指をすっと近づける。触《ふ》れるか触れないか、ギリギリの距離で。

「な、何でしょうか」

「敬語。次使ったら、本当に触れる」

「冗談《じょうだん》ではないから？　さあ、行こうか」

汽車を降りた神官たちが、並んで歩いている私たちを追い越《こ》して足早に集合地点へと向かっていく。普段《ふだん》ならトラヴィスは私に一言告げてからそこに合流するのだろう。

でも、今日の彼は私の隣《となり》を離《はな》れない。歩幅《ほはば》を合わせて一緒に歩いてくれる。

──とにかく、この任務では『敬語』は禁止らしい。

今回、神殿《しんでん》から派遣《はけん》された私たちの仕事は、王国騎士団の精鋭部隊のサポートだった。降り注ぐ星の欠片《かけら》を攻撃魔法で相殺《そうさい》する彼らを、聖属性の防御《ぼうぎょ》魔法や補助魔法で助けることが重要な任務になる。

彗星の到来まで私とトラヴィスは住民の避難《ひなん》を手伝うことになった。荷物を置きに訪《おとず》れた宿屋で、リルが得意げに宣言する。

『セレスティア。ぼく、いまからちょっとおおめにセレスティアのまりょくをたべるから』

「身体《からだ》の中に溜《た》め込むってこと？」

『そう。ねんのためにね』

そして、口をもぐもぐむぐむぐし始めた。かわいい。

「私の魔力をどれぐらい食べるの？」

「！　そ、それは」

『うーん。ためこめるだけ、かなぁ。だいじょうぶ。セレスティアのまりょくはものすごいりょうだから、ぼくがおおめにたべたところでこまらないよ』

「そういうものなのね」

荷物を置いて部屋を出ると、そこではトラヴィスが待っていた。

「部屋が隣《となり》だった。もし何かあったらすぐに呼んで」

「この宿は神殿で貸し切っているでしょう？　何もないわ」

「それもそうか」

普通、こういった遠征《えんせい》任務のときは相部屋になる。もし聖女と神官のペアが男女だったとしても例外はない。

けれど今回はトラヴィスの身分に配慮《はいりょ》があったらしく、私たちの部屋は同じではなく隣同士だった。実はドキドキしていた私はものすごくほっとしたところで。配慮してくださった神殿の皆《みな》さん、本当にありがとうございます。

そのうちに、宿の廊下《ろうか》にある窓越《ご》しに、避難していく住人たちの姿が見えた。

「見て、トラヴィス。早く手伝わなきゃ」

「この任務が終わるのが嫌だな」

「……？」

「その話し方。心を許してくれてる感じがしてやっぱりいいな」

トラヴィスはどうしてすかさずこういうことを言うのかな？

「……もう一階に下りるわ」

『セレスティア、かおがあかいよ』

「リ、リル、何も言わないで！」

私はトラヴィスとリルを置き去りにして、足早に宿の外へと向かったのだった。

「住民の方々を駅に集めるって聞いたけれど、その後はどうするの？」

「俺たちが乗ってきた汽車に乗せて、安全な場所まで運ぶ。汽車は明日《あした》の夜まで何往復かするようだね」

「それなら皆を安全な場所に避難させられるわ」

「うん」

サシェはとても綺麗《きれい》な山あいの町だった。

平らな道はほとんどなくて、石畳《いしだたみ》の階段や緩《ゆる》やかな坂がそれぞれの家や店をつないでいる。視線を上に持っていくと、樹々《きぎ》や花が生《お》い茂《しげ》る丘《おか》が目に入って美しい。

さっき、避難して行く人たちが「この景色は見納めかもしれない」と話していた。

今回はそうならないように私たちがここにいるわけだけれど、気が引き締《し》まる。

サシェの町の人々に駅へと集まるように案内しながら、トラヴィスの口元が緩んでいることに気がついた私は閉口した。

「……ねえ？」

「悪い。こんな重要な任務のときに考えることじゃないな」

「私が敬語を使わないのがそんなに楽しい？」

「いや、とってもかわいいな」

放《ほう》っておこう。

「……トラヴィス……？」

かと思えば、トラヴィスの視線は街角のお屋敷《やしき》をとらえていた。

つい三秒前までのふざけた雰囲気《ふんいき》を一瞬《いっしゅん》で消して、厳しめの任務中の顔をしている。

何かあったの、と私は首を傾《かし》げた。

「あそこ、誰《だれ》かいそうだな」

彼が指差したのはとある窓だった。三階の端《はし》の部屋。カーテンが閉じられている。

「でも……このお屋敷は避難済みなのではないかしら？　だって、中に人の気配がないわ」

「確かにそうなんだが。……念のために行ってみるか」

二つの棟《とう》に、噴水《ふんすい》が備え付けられた庭園。豪奢《ごうしゃ》な馬車が数台。豪邸《ごうてい》とも呼べるこのお屋敷は、領主の館《やかた》なのかもしれない。

屋敷をぐるりと取り囲む柵越《さくご》しに見たときには人の気配がないと言ったものの、門をくぐるとそれは間違《まちが》いだったとすぐに気がついた。庭には国から派遣された役人と騎士たちがいて、その真ん中には私がよく知っている人の顔があった。

「……お父様……いえ、スコールズ子爵《ししやく》。何かあったのですか」

長いものに巻かれ強いほうにひれ伏《ふ》すその人の名を呼ぶと、お父様は任務中だというのに目を輝《かがや》かせた。

「セレスティア！　お前も手伝いをしているのか。感心だな」

「当然のことです。それよりも、このお屋敷の方々の避難は済んでいるのですか？」

「まぁ、一応……な」

「一応とは？」

歯切れの悪いお父様の言い方に、すかさずトラヴィスがつっこむ。

「いや、ここはサシェの町を治める領主の屋敷なんだが……駅に向かう馬車に乗っていた人数がリストに載《の》っていた数と違うという報告を受けてな」

「屋敷内を捜索《そうさく》しましょうか、スコールズ子爵」

騎士からの提案に、お父様は首を横に振《ふ》った。

「いやいいだろう。彗星が飛来しても、王国騎士団が守るのだからこの町はなくならないしこの屋敷が被害《ひがい》を受けることもない。避難は念のためと聞いている。それよりも、この家にとって明るみに出したくない秘密を守るほうが大事だろう」

お父様の言葉に付き添《そ》いの騎士や役人たちが息を呑《の》んだ気配がする。

だって、この人は今、屋敷内に残っているかもしれない人を見捨てると言ったのだ。

動揺《どうよう》を隠《かく》せない私とは対照的に、トラヴィスがきっぱりと言い放つ。

「スコールズ子爵のお考えは十分に伺《うかが》いました。ただ、私どもは屋敷内を捜索させてもらいます」

「いやいい。サシェの町を治めるヒューズ伯爵《はくしゃく》とは旧知の仲だ。この忙《いそが》しいときにごたごたを起こしたくないというのも理解できる。屋敷内への立ち入りは許可しない」

「許可は必要ありません。私たちは神殿の直轄《ちょっかつ》で動いていますので」

「神官殿《どの》、勝手をされては困りますな」

「住民全員を安全に避難させよ、という国からの命令に勝手に背《そむ》こうとするのはスコールズ子爵のほうではないでしょうか」

トラヴィスとお父様の応酬《おうしゅう》を聞きながら、何となく話がわかってきた。

この家には、外に出したくない人間がいるのだろう。少し前までの私のように、どこかに閉じ込められ都合よく隠蔽《いんぺい》されている存在が。

さっき、トラヴィスが指差した窓がある棟は明らかに古びていて手入れも満足にされていないように見えた。きっと、あれが別棟《べつむね》。そしてそこにいるのは。

『セレスティア、だいじょうぶ？』

「ちょっとだめ」

『そっか』

さっきから魔力《まりょく》をもぐもぐと食べ続けているリルは、私の怒《いか》りに気がついたらしい。もし六度目の人生があったなら、お父様が乗った馬車を助けなくていいんじゃないかな。領民が飢《う》えないためにはもっと別の道を考えよう。

だって、薄々《うすうす》気がついてはいたけれど、目を逸《そ》らしていた事実――〝お父様が私の境遇《きょうぐう》を知っていたのに面倒《めんどう》が嫌《いや》で継母《ままはは》のいいなりになっていた〟ということが確定してしまったから。

別にいい。お父様にとって取るに足らない存在でも、五回目の人生を送る私にはもう居場所がある。

でも、十五歳までの私がかわいそうだ。

古い別棟で冬は寒さに震《ふる》え、ボロのドレスを着て、異母妹《いぼまい》のために刺繍《ししゅう》をしていた私が。

領地からお父様が戻《もど》ってくるのを楽しみにし、心の支えにしていた私が。

怒りに震えていると、頭上からトラヴィスの声が冷たく響《ひび》いた。

「スコールズ子爵。あなたはこの任務に就《つ》くに値《あたい》する人間ではないようだ」

「神官殿、これは随分《ずいぶん》な言い草ですな。この一帯のことは私に任されています。先ほどもお伝えした通り、この屋敷の主《あるじ》とは親しいのです。口出しはやめていただけますかな」

お父様の発言に背後で立ち尽《つ》くす神官が蒼《あお》い顔をしたのが見えた。神官は皆、トラヴィスの身分を知っている。

「俺は、トラヴィス・ラーシュ・ガーランド。神殿《しんでん》の長《おさ》、大神官様の代理と考えてほしい」

この国の神殿と王宮はお互《たが》いに独立していて、国王陛下と大神官様の力関係は対等だ。トラヴィスが名乗って立場を示したことで、役人や騎士《きし》たちの顔色が変わる。

けれど、お父様は食い下がった。

「わ、私は国王陛下の勅命《ちょくめい》でサシェの町に来た。神殿からの指図は受けない。大体にして、大神官様の代理とはいえ君はただの神官だろう」

盾突《たてつ》くお父様に、トラヴィスが温度のない笑《え》みをこぼす。

それは見たことがない笑い方で、なぜか胸がちくちくとする。

「言い忘れていたが、国王は俺の兄だ」

「え」

「貴殿《きでん》の言動が全《すべ》て、国王陛下の勅命によるものというのは本当か」

「あ……いや……それは、そんなつもりでは……。セレスティア、何とか言ってくれ」

トラヴィスが身分を明かした瞬間《しゅんかん》、お父様はぺしゃんこになってしまった。当然、私も助け船を出すことはしない。

ついさっきまでの横柄《おうへい》な態度はどこへ行ったのかな？

お父様に従っていた騎士や役人たちが視線をそっと外したのがもういたたまれない。

本当は任務から離《はな》れてほしいところだったけれど、今は人手が足りなすぎる。

「スコールズ子爵は誰かの下について住民の避難《ひなん》を手伝うように」

「は、はい」

蒼い顔をしたお父様を放置して、私とトラヴィスは屋敷の中へと足を踏《ふ》み入れた。

「この棟はあちこち傷《いた》んでいるな」

「ええ……本当に手入れがされていないみたい。私が実家で暮らしていたのもこんな感じのところだったわ」

「……それ、本当？」

「そうよ。一人だけ別棟で、冬なんて暖房《だんぼう》が満足に使えないの！　ひどいでしょう？」

あえて明るく返すと、トラヴィスが全身に怒りを滲《にじ》ませた。

「戻る。もう一言言ってくる」

「い、いいから！　それよりも、今は避難のお手伝い!!」

それ絶対一言じゃ済まないやつ。

「セレスティアは変なところで物分かりが良すぎる。もっと怒《おこ》るべきじゃないか」

「本当にいいの。分かり合えないタイプの人には怒っても無駄《むだ》だから」

「……俺の怒りが治まらないんだが」

真剣《しんけん》な瞳《ひとみ》にどきりとして、私は思わず目を逸らす。

本当にやめてほしい。でも死にたくはないから今は進もう。主に、このお屋敷にいる誰《だれ》かのところへ。

トラヴィスを宥《なだ》めながら辿《たど》り着いた部屋には、南京錠《なんきんじょう》のようなものがかけられていた。

それをトラヴィスが勢いをつけて蹴《け》ると、簡単に扉《とびら》が壊《こわ》れた。神官の身体《からだ》の強さすごい。

目的の部屋は二間続きの部屋になっていた。こちら側には洗面所やバスルームなど水回りの気配がある。

奥の部屋に続く扉が開いていて、そこに一人の男の子が佇《たたず》んでいた。

「……あなたたちは、誰《だれ》ですか……」

柔《やわ》らかそうな金色の髪《かみ》に、碧《あお》い瞳。年齢《ねんれい》は十歳にならないぐらいだろう。痩《や》せていて、手足に洋服の丈《たけ》がまるで足りていない。

「こんにちは。神官のトラヴィスと言います。熱があるのかな？　動ける？」

「僕は……レイ・ヒューズです……でも、この部屋から出たら怒られてしまいます」

トラヴィスが男の子の前に膝《ひざ》をつくと、彼はレイと名乗ってくれた。レイの顔は真っ赤で足元はふらふらしている。きっと熱があるのだろう。

「避難の前に、私たちの宿まで運びましょう。ここは目が行き届かないもの。少しでも回復させてから汽車に乗せたほうがいいわ」

「ああ。俺が運ぶ」

私の回復魔法《まほう》を使って強制的に熱を下げることはできなくもない。けれど、身体への負担を考えるとただの風邪《かぜ》ならば自然に治癒《ちゆ》させたほうが良《い》いだろう。

「でも、僕はこの部屋から……」

「出てもいいのです。どうしてかというと、私も出たからです」

頑《かたく》なに部屋を出ることを拒《こば》むレイに微笑《ほほえ》みかけると、彼は目を丸くしたのだった。

五回目の人生にして初めて、私はこのサシェの町を訪《おとず》れた。だから、レイは過去四回のループでは出会わなかった存在。

本当なら、彼は一体どんな人生を送ることになったのだろう。考えるだけで胸が痛い。

宿までトラヴィスに背負われながら、レイはいろいろなことを話してくれた。

自分は『望まれない子』だということ。母親はレイが三歳のときによその男の人とどこかに行ってしまい、戻ってこないということ。それ以来、あの別棟でずっと暮らしているということ。

私もトラヴィスもただただ相槌《あいづち》だけを打った。

時折、トラヴィスがレイにかける声がとても優《やさ》しくて、なぜか私にまでしみる。何も言えない私は、せめて背中に摑《つか》まり切れなかったレイの手をトラヴィスの肩《かた》に乗せた。

その手は小さくて、とても熱かった。

「……これはただの風邪ですね。薬を飲んで数日休めばすぐに治ります。この子はまだ子どもですし……回復魔法は使わないほうがよいでしょう。今日一日休んで、明日の夜の汽車で避難させましょう。すぐに薬を持ってきますね」

「ありがとうございます」

同行してくれている医務官の見立ては風邪だった。悪い病気じゃなくてよかった、と思いながら私の部屋のベッドで眠《ねむ》っているレイのおでこの汗《あせ》を拭《ふ》く。

そして、気になることがひとつ。

「……トラヴィス、どうしてそんなところにいるの？」

トラヴィスはというと扉の前で固まっていた。

「……セレスティアの部屋だから」

いや意味がわかりません。いつもぐいぐいくるくせに、どうしてそこで照れるの。

一方、リルはと言えばレイが眠っているベッドの脚元《あしもと》でお腹《なか》を出してごろごろしている。

『おなかいっぱい。もうまりょくたべられない』

こういうことだった。

そのタイミングではないと思いつつ、朝からずっと私の魔力《まりょく》を食べ続けていたリルに確《かく》認《にん》する。

「ねえ、この後彗星《すいせい》が落ちてきて、不測の事態が起きてどうしても魔力が足りない、ってなったらリルが食べていた私の魔力を返してくれるのよね？」

『うん。そのつもりだけど、もしそれぐらいたいへんなときは、ぼくがどのタイミングでまりょくをわたすかきめるから』

「リルが決めるの？　私が魔力をちょうだいって言ってもくれないの？」

『うん』

リルはそう言いながら、アリーナが作ってくれたブレスレットをくんくんと嗅《か》いだ。

『このブレスレットはとくべつだよね。セレスティアとトラヴィスをまもってくれるよ、きっと』

リルは神獣《しんじゅう》だ。私には知りえない難しいことをたくさん知っているのかもしれない。

ふと、視線を感じてレイのほうを見ると、綺麗な碧の瞳がこちらに向いていた。

「あ、目が覚めた？」

「はい……町が……ざわざわしているのはどうしてですか……？」

「今日はね、町の人たちが……駅に集まる日なの。それで、」

何と答えたらいいのかわからなくて、濁《にご》してしまう。

リルがレイの枕元《まくらもと》までとととと、と行ってごろんとお腹を見せた。

『ぼくのなまえは、リル』

「……ちいさい犬だ。かわいいね」

『いぬです』

リルの言葉はレイには聞こえない。でも、リルがレイを癒《いや》そうとしているのがわかって私も救われる気がする。

「……僕、置いて行かれちゃったんだね。一昨日《おととい》ぐらいから具合が悪くてずっと寝《ね》ていたんだ。でも、今朝から部屋に誰も来なくておかしいなって。窓の外を見ていたら、皆《みんな》が馬車に乗っていくのが見えて。お父様やきょうだいだけじゃなく、町の人たちも」

かすれた声の先に見える落胆《らくたん》に、私まで心がちくちくする。気持ちがわかる分、不用意な言葉はかけられなくて、ひたすらレイの汗を拭く。

レイは少し前までの私と同じだ。こんなに小さいのに、いろいろな理不尽《りふじん》さを受け止めながら必死で生きているのだ。

――私は、彼のことを助けたい。

規格外だと言われる聖女の力を使って助けるんじゃなくて、人として、普通《ふつう》になんとかできたらいいのに。

私がこんな風に思えるようになったのは、五回目の人生でトラヴィスやバージル、シンディー、エイドリアンという存在に出会ったからで。

誰かに大切にしてもらって自分も大切にしたいと思える人たちに出会える幸せを、レイにも知ってほしい。これは偽善《ぎぜん》じゃない。私が五回の人生を積み重ねて知った事実。

記憶《きおく》を取り戻《もど》す前の私がほしかった言葉。それはたぶん。

「……元気になったら、私と一緒《いっしょ》に町の外に行かない？」

「そんなの無理だよ」

「風邪だもの。すぐに治るわ」

私は、誰かがあの家から連れ出してくれるのを待っていたのかもしれない。クリスティーナからお母様の形見を取り戻し、別棟《べつむね》から出る機会をくれるのを。

あえて焦点《しょうてん》をずらした返事をして笑ってみせると、レイの口の端《はし》が持ち上がった。

「お姉さんって……神官と一緒にいるってことは、聖女？」

「はい」

「本で読んだんだけど……聖女っていろんな種類があるんでしょう？　お姉さんに、僕を助ける力はある？」

「あるわ、もちろん」

「そうなんだ……」

レイはそう言うと、真っ赤な顔で笑って目を閉じた。また眠りについたらしい。

扉《とびら》のところで私たちの会話を聞いていたらしいトラヴィスが呟《つぶや》く。

「……レイが望むならいくらでも手助けを」

「ええ」

そこに、薬を取りに出て行った医務官が戻ってきた。

「お薬を持ってまいりました」

「ありがとうございます」

「今日は私が付き添《そ》います。セレスティア様は別の部屋でお休みください。本日は満室ですので、セレスティア様が組まれている神官様のお部屋にお願いします」

え？

部屋が満室だから組んでいる神官の部屋で寝てね、って。まあそれは当然のことで。

これまでのループでは、バージルやシンディーやノアやエイドリアンと同じ部屋に泊《と》まるのは普通で、何の違和感《いわかん》もなかった。けれど。

入り口からごつん、と鈍《にぶ》い音がしたのでそちらに視線を送ると、トラヴィスが赤くなったおでこを押さえているところだった。どうやらどこかにぶつけたらしい。

「聖女様、そちらのお部屋にお荷物を運ぶのをお手伝いしましょうか」

「いえ、大丈夫《だいじょうぶ》です……？」

問題ないです荷物に関しては。

「マジか」

扉のほうから聞こえたため息と彼らしくない言葉遣《ことばづか》いに、私は気がつかないふりをする。じゃないとやっていられなかった。

「こちらの部屋もベッドが二つあるのですね」

「……ああ」

敬語を使ったのにつっこまれなかった。

トラヴィスの部屋は私の部屋の隣《となり》。ベッドが適度な隙間《すきま》を空けて二台並んでいて、簡素な書き物机とクローゼットがあるだけ。

さっきまでいた部屋と同じ造りなのに、居心地《いごこち》が悪くてつい観察してしまう。

「セレスティアの荷物、ここに置くから」

「ありがとうございます」

また敬語を使ったのにつっこまれなかった。

リルはレイの枕元で眠るというので、正真正銘《しょうしんしょうめい》私たち二人きり。この部屋を埋《う》め尽《つ》くす沈黙《ちんもく》で息ができない死にそうです。

「えーと、トラヴィスはどちらのベッドを使う……？」

これは遠征《えんせい》任務時、宿に到着《とうちゃく》してペア間で行われる最初の会話として至極一般《しごくいっぱん》的なもの。というか、今理解したけれどベッドは二つある。普通にある。だから別に意識することなんてないしいつも通り振《ふ》る舞《ま》えばいいのだ。何よりも任務中だし。

けれど、トラヴィスはそんな私の気遣《きづか》いをわかってはくれなかった。

「……出てくる」

「えっ……ちょっと待って！」

私は、返事をせずに外出を宣言した彼の腕《うで》をがしっと掴《つか》む。

「何？　手、放してくれない？」

「だって、どこで休むの？　いざというときのために体調は万全《ばんぜん》にしておかないと」

「……そんなこと言ったって」

こんな風にトラヴィスが動揺《どうよう》しているのはめずらしい。

もちろん私だって自分のことを好きだと言ってくれるトラヴィスに『どうして？』と聞くほど馬鹿《ばか》ではない。

でもいつの間にか外は暗くなっていて、すっかり夜だ。普段《ふだん》なら宿屋の一階ではレストランが営業しているものだけれど、今は緊急事《きんきゅう》態。

この町の宿屋はどれも国か神殿《しんでん》で貸し切られ、寝るためだけの場所を提供している。当然、レストランだってやっていない。この部屋を出たら、座って身体《からだ》を休められる場所なんてないのだ。

「えーと、じゃあこのベッドの前に防御魔法《ぼうぎょまほう》で結界みたいなものを張る……？」

「よしいいなそうしよう」

「いや冗談《じょうだん》なのだけれど」

「……」

はー、と息《は》を吐いたトラヴィスは観念したように入り口側のベッドに腰《こし》を下ろした。いつの間にかベッドの割《わ》り振りは決まったらしい。

「セレスティアがそこまで言うならこの部屋にいるが、俺はたぶん眠《ねむ》れない。いま言っとく、ごめん。でも気配は消すからほっといてくれな？」

その言い方に素《す》が滲《にじ》んでいる感じがして、思わず笑ってしまう。

「ふふっ」

「何？」

「トラヴィスにもこういうところがあるんだなぁ、って」

いつもの彼には、私にわかりやすい好意を向けながらこちらの反応を楽しむ余裕《よゆう》が感じられる。でも今日は全くそうではなくて。私も緊張《きんちょう》はしているけれど、そのギャップに心がほぐれる。

こちらを一瞥《いちべつ》したトラヴィスは、髪《かみ》をぐしゃぐしゃっとした後、諦《あきら》めたみたいに言った。

「あーもういい、わかった。じゃあ話でもする？」

「話」

「大丈夫だよ。いつもみたいに不用意に近くには行かないから」

「……そんなに警戒《けいかい》？　しなくても」

あ、この場合警戒されているのは私のほうだったのかなもしかして！

「だってうっかり近づいてしまって歯止めが利《き》かな」

「あああいいですそれ以上言わないでもらえますか！！！」

「口にするのも駄目《だめ》なのか？　だって、好きなんだから仕方がないと思わない？」

「そ、それもやめて！」

さっき自重してくれそうだった人帰ってきてください！

とりあえずこの部屋にいるのは、顔を真っ赤にした私と、同じぐらい真っ赤になったうえで髪も乱れたトラヴィスだった。

ちなみに、このトラヴィスを見たらバージルが目を輝《かがや》かせそう。むしろここにいて揶揄《からか》ってほしいのにどうしていないのかな。

何か話題を、と思った私の脳裏《のうり》に浮《う》かんだのは、赤い顔をしてあの屋敷《やしき》で一人佇《たたず》むレイの姿だった。

「……れ、レイってかわいいと思いませんか？」

「敬語」

「……かわいいと思わない？」

敬語につっこんでくるあたり、トラヴィスは冷静になりつつあるようでほっとした。私が言葉遣いを逆に改めると、満足げな笑《え》みを向けてくる。

「かわいそう、じゃないんだな。セレスティアの感想は」

「環境《かんきょう》はかわいそうだけど、レイ本人はかわいそうではないわ」

「ああ。あんな状況《じょうきょう》にいたのに擦《す》れてなくて素直《すなお》ですごいよな」

「ええ。私……たぶん、彼ぐらいのときに自分の状況を受け止めて、誰《だれ》かから差し伸《の》べられた手を取るなんてできなかったと思う。きちんと判断ができる賢《かしこ》い子よ」

「セレスティアも、父親に怒《いか》りが向かないところが信じられないな。俺にとっては」

「……もうそういう次元じゃないの」

だって、ループ五回目だから。自分に言い聞かせるように、私は言葉を嚙《か》みしめる。

話しているうちに少しだけ視界が滲む。けれど、自分の境遇《きょうぐう》や家族からの仕打ちを思い出したわけでは……ない。

私はレイに『あなたを助ける力がある』と宣言した。助ける、なんて言ったら傲慢《ごうまん》だけれど一度乗り掛《か》かった船だ。とことん力になりたいと思う。

そして、お父様は私への継母《ままはは》や異母妹《いぼまい》の扱《あつか》いを知っていた。面倒《めんどう》だからと知らないふりをするのは、これまでの言動を考えればとっくに予想できていた。これは強がりじゃない。お父様への落胆《らくたん》なんて、今さらするはずがないのだ。

「セレスティア……？」

トラヴィスの気遣うような声に、ハッとする。頬《ほお》が冷たい。

自分の頬を流れる涙《なみだ》に気がついた私は、ベッドに腰かけたまま慌《あわ》てて頭からシーツを被《かぶ》り、目を擦《こす》った。

どうして私は泣いているのだろう。早く落ち着かなければと思うのに涙が止まらない。

「……しばらく向こうを向いていてください」

「敬語」

「あ、あっちを向いていて」

こんなときにまでそのルールを適用するって厳しすぎない？

そんなことを考えていたら、私が被っているシーツの上からさらに何かが被せられた。

たぶんこれもシーツ。

視界が真っ白……いや、完全に布で遮《さえぎ》られてしまってむしろ真っ暗。何も見えない。

「み……見えません、トラヴィス」

「触《さわ》る。敬語ルールを破りすぎ」

トラヴィスの言葉とともに、私が座っているベッドの隣が間を空けて少し沈《しず》んだ。

はー、と長いため息が聞こえたさらに数秒後、ぽんぽんと頭が撫《な》でられる。

「大丈夫《だいじょうぶ》だと思い込んで強がっていても、意外とそうじゃないことってあるな」

それ以上、トラヴィスは何も言わなかった。

今は何を言っても見透《みす》かされる気がして私も口を噤《つぐ》む。お互《たが》い黙《だま》ったまま時間だけが過ぎた。

「……」

この無言の優《やさ》しさとレイへの気遣《きづか》いの向こうに、トラヴィスが送ってきたという人質《ひとじち》生活がなんとなく見える気がする。

彼は人質生活のことを名ばかりのものだと言っていた。実際には留学生のような扱《あつか》いで快適に暮らしていたと。表向きは彼が言う通りだったのだろうと思う。

けれど、誰かに抱《だ》きしめてもらうことはあったのかな。

辛《つら》いときに話を聞いてもらって、無条件で認めてもらって、優しく頭を撫でてもらえたことはあったのかな。

こんな風に、今私を落ち着かせてくれている感情を、誰かから受けたことはあったの？

シーツでぐるぐる巻きになった私の涙はすっかり乾《かわ》いていた。けれど、また鼻の奥がつんとしてきて、私は目をぎゅっと閉じる。

――彗星《すいせい》の到来《とうらい》は、明後日《あさって》の明け方に迫《せま》っていた。

次の日。レイの熱は夕方には下がった。

避難《ひなん》するレイには医務官が付き添《そ》ってくれるというので、私とトラヴィスは二人を駅まで送って行った。

サシェの町の人々は山を越《こ》えた先の町に避難しているけれど、レイの行き先は王都になった。大神官様に経緯《けいい》を魔法《まほう》郵便で知らせたところ、私が戻《もど》るまで神殿《しんでん》で保護してくれることになったのだ。

その後、レイの父親を呼び出して今後の方針について決めるらしい。

私は大切に保護されている聖女ではあるものの、さすがに自分一人ではこんな対応はしてもらえなかったと思う。全部、トラヴィスが手を回してくれたおかげだった。

「……トラヴィス、大神官様に手紙を書いてくれてありがとう」

「それぐらい簡単なことだよ」

こちらを見下ろす瑠璃色《るりいろ》の瞳《ひとみ》に、昨夜《ゆうべ》の感覚が蘇《よみがえ》る。

軽く沈んだベッドと、シーツ越《ご》しに頭を撫でてくれる手。

彼は触ると言ったけれど、実際には子どもをあやすみたいに優しく寄り添ってくれた。

思い出すだけで、なぜかどうしようもなく叫《さけ》びたい気持ちになる。

あれ待ってこれもしかして私、彼に殺されるやつではないよね？　自分を茶化《ちゃか》しつつ恐《おそ》ろしすぎる結論に辿《たど》り着いたけれど、トラヴィスはいつも通りどこ吹《ふ》く風だった。

「セレスティア、様子が変だが具合でも悪い？」

「な、何でもない！」

私はぺしっ、と両頬を叩《たた》く。

私だけが昨日のことで動揺《どうよう》しているのは悔《くや》しいし、そもそも今は緊急《きんきゅう》事態だった。こんなことでぼうっとしているわけにはいかない。

「今、気合を入れ直したところなの」

「はいはい」

温かく低く響《ひび》く彼の声色《こわいろ》にまた鼓動《こどう》が高まってしまったのには、気づかないふりをした。


明け方の夜空に、突如《とつじょ》それは現れた。

みるみるうちに大きくなっていく星の欠片《かけら》。端的《たんてき》に言うと、こわい。

「各自位置につけー！」

「演習通り、タイミングを見て同時に攻撃魔法《こうげきまほう》を放つ！　いいな！」

王国騎士《きし》団の人たちの動きが慌《あわ》ただしくなっていく。

町の人や役人たちは避難を済ませ、ここに残っているのは精鋭《せいえい》の騎士たち。加えて数人の神官と、トラヴィスと私、だった。

『これ、こうげきまほうでなんとかするのはむりじゃない？』

「そうなの？　リル、思っても言わないで」

足が震《ふる》えそうなので。いやもう震えているけれど。

ぷるぷると小刻みに震える私は、トラヴィスにぐいと片手で抱き寄せられた。

あらゆる意味でびっくりするからやめてほしいと思ったけれど、彼の表情は任務中の真《しん》剣《けん》なもので、何も言えない。

「セレスティア。最悪、この周辺にだけでも防御魔法《ぼうぎょまほう》で結界を張れる？　この町ごと守るのは難しいかもしれないな」

「……ええ。もし魔力《まりょく》が足りなくて無理そうならそちらに切り替《か》えるわ」

でもそれって、私が聖堂で見た未来とは違《ちが》う。

どうしても腑《ふ》に落ちなくて首を傾《かし》げると、トラヴィスがきっぱりと言った。

「大丈夫。セレスティアは俺が守るから」

「……」

精悍《せいかん》な横顔が目に入って私は唇《くちびる》を噛む。これは神官としての任務なのに。そんな、命を懸《か》けているみたいな真剣な顔はしないでほしい。

そんな会話をしている間にも、燃えるような星の欠片がものすごい速度で落ちてくる。

それに、騎士たちが次々と攻撃魔法を放っていく。魔法はひとつになり、炎《ほのお》と光が混ざり合って欠片を包む。

一瞬《いっしゅん》、こちらに向かって落ちるものが見えなくなった。

「もしかして、うまくいった……？」

「いや、まだだ」

『セレスティア、そろそろてつだわないと、あぶないかも』

トラヴィスの厳しい声が聞こえた後、リルが私の肩《かた》まで登ってくる。

同時に光の靄《もや》が消えて、また星の欠片が現れた。攻撃魔法で相殺《そうさい》するどころか、分裂《ぶんれつ》して降り注いできている。

「くっ……無理か！」

「もっと威力《いりょく》の強い魔法を残している者は！」

「おりません！　魔力ももう……」

騎士団から狼狽《ろうばい》する声が聞こえる。

「……やっぱり、違う」

トラヴィスが息を吸う気配がして、次の言葉が聞こえる前に私は指を組んだ。

《防御《プロテクション》》

聖女が聖属性の魔力で操《あやつ》る呪文《じゅもん》はシンプルなもの。いつもとは違い、唱えただけで身体《からだ》から魔力が持っていかれる感じがする。

同時に、空には白くて小さな光の粒《つぶ》が広がった。それは、三日前に私が神殿の敷地《しきち》内にある聖堂で見た光景によく似ていて。

「すごい……」

「なんだこれは……」

「これが、『戦いの聖女』の力か」

王国騎士団の人たちがこちらを見ているのがわかる。これは私がループ五回目なせいだから、間違《まちが》っても今後遠征《えんせい》についていく『戦いの聖女』に無茶《むちゃ》はさせないでほしい。

……と思いながら私は魔力を注ぎ続ける。キラキラと光る防御魔法の結界に彗星の欠片が辿り着くまで、あと少し。固唾《かたず》を呑《の》んで見守る。

ゴオッ、と大きな音がしてひとつの彗星の欠片と結界がぶつかった。

それをきっかけに、降りそそぐ星々がキラキラのベールに触《ふ》れていく。

一応、落ちてくるのを防ぐことはできている。けれど、欠片がしゅわっと消えてなくなることはなかった。

「おかしいわ。聖堂で見た未来とは違う」

「何が違う？」

「本来なら、星の欠片は防御結界に触れたら消えるはずなの。これじゃあ……身動きが取れないわ」

『セレスティア。どんどんまりょくがへっているよ』

「！」

リルの言葉にまずい、と思った瞬間《しゅんかん》、トラヴィスが怒鳴《どな》った。

「騎士団の方々は退避《たいひ》を！　できるだけ遠くに！」

「しかし、聖女様と神官殿《どの》は……」

「俺たちは大丈夫《だいじょうぶ》だ。それよりもここからできる限り離《はな》れるんだ！　猶予《ゆうよ》は数分しかない。早く行くんだ」

「そのようなことは」

「これは命令だ。早く行け」

「は、はい」

トラヴィスの鋭《するど》い声色に追い立てられて、彼らは馬に飛び乗って駆《か》けていく。

「セレスティア。数分って言ってしまったんだが持つ？　彼らが遠くまで行くのに、長ければ長いほどありがたいな」

「ええ……リル、魔力をもらえる？」

『だめだよ』

つん、と拒否《きょひ》したリルに私は蒼《あお》ざめた。

「どうして」

『このまえいったけど、タイミングをみてわたすから。いままりょくをわたしても、すいせいをとめることしかできない』

「それで十分だわ。早く魔力を！」

『そうしたら、セレスティアはにげられないよ？』

「セレスティア、リルはなんと？　時間がない」

その瞬間、トラヴィスの身体《からだ》からふわりと光が浮《う》かび上がった。すぐに神力による防御結界を張ろうとしているのだとわかる。

魔力と神力は似て非なるもの。魔法が呪文によって魔力を消費して発動するのに対し、神力は呪文を必要としない。

神官個人の力に応じていろいろな使い方ができて、シンディーのように回復魔法に応用できる神官もいる。

けれど、その分使用者にかかる負担が大きい。そして底をついた魔力は休めば回復するのに対し、神力は使用者が生きている限り尽《つ》きることはない。

つまり神力は使いすぎると死ぬ。だから、神官は自分の神力量を超《こ》える任務は受けない。

能力鑑定《かんてい》のとき、トラヴィスの神力の多さは大神官様を上回ると聞いた。けれど、ここに降り注ぐ彗星《すいせい》の欠片はそのレベルの話ではない気がする。

そのことはトラヴィスも十分に理解しているようだった。

「リルは魔力をくれないのか!?　それなら予定を変更《へんこう》する」

「待って！　トラヴィスの神力を使うのはだめ！」

「悪いが、俺の判断を優先する。俺に残った神力の結界で確実に守れるのは人一人分の面積だけだが、それでもセレスティアを守れるなら十分だ」

「そんな」

と思ったら、次の欠片《かけら》が降り注いでくる。私が張った防御魔法は少しずつ綻《ほころ》びを見せていて、あれを相殺するどころか止められる気すらしない。

昨日の日中、駅へと避難《ひなん》しながら『これも見納めかもしれないな』と自分の町を感慨《かんがい》深げに見つめていた人々の姿が思い浮かぶ。

ああ、今回のループでもまたこの町を守れないのかな。けれど、少なくとも騎士団の人だけは助けたい。だって、四回目のループまでで犠牲者《ぎせいしゃ》は出ていないのだ。少しでも長く彼らが遠くまで逃げるための時間を稼《かせ》ぎたい。

「トラヴィス、防御結界の強化を手伝ってくれる？」

「だめだ。俺の神力がなくなったらセレスティアを守れない」

「リルが蓄《たくわ》えている魔力があるの。だから大丈夫よ。リルは早く私に魔力を返して！」

私の肩の上のリルはぶんぶんと頭を振《ふ》っていた。

『いまはまだだめ』

「……！　リルは魔力《まりょく》が切れる寸前に返してくれるって言ってるわ」

『そんなことといってないよ、セレスティア』

「ほら、リルももう少ししたら魔力を返すから大丈夫、って」

「……それなら」

リルの声が私以外に聞こえなくてよかった。

私の出任せを信じたらしいトラヴィスは、神力を空に向けて解放する。それは私が張った結界を強化してくれているようだった。

綻びができていた部分が修復されて、またサシェの町一帯にキラキラとした白い結界が広がる。

そして、結界に触れた一部の小さな欠片がしゅわっと消えた。これならまだ持ちそうだ。

「まだトラヴィスに神力は残ってるわよね？　限界までこの防御魔法《ぼうぎょまほう》を維持《いじ》して、リルに魔力をもらえたら、私たちだけを保護するものに切り替《か》えるわ。だからトラヴィスはもうこれ以上神力を使わないでね」

「……どうかな」

私が見たのはこの未来なのかな。小さな欠片だけではなくて、大きな隕石《いんせき》も防げたはずなのだけれど。そんなことを考えていると、トラヴィスに抱《だ》きしめられた。

「え」

私の身体をぎゅっと包み込む力強い感覚に息が止まりそう。と思えば、私の身体の表面に光がまとわりついていた。この気配はトラヴィスの神力で。

「い、一体何を、」

「これで、もしあれの残りが降ってきても大丈夫。セレスティアは傷ひとつ負うことはない」

トラヴィスの言葉に空を見上げると、小さな煌《きら》めきに混ざってこれまでで一番大きな欠片が降ってきていた。炎《ほのお》を帯びた恐《おそ》ろしいほどの巨大《きょだい》な塊《かたまり》が。

――あ。聖堂で見た彗星、ってあれだ。

事態を把握《はあく》した瞬間、彼は私の髪《かみ》を撫《な》でた。その数秒後に、がくりとトラヴィスの身体から力が抜《ぬ》ける。

「トラヴィス！」

「大丈夫。ちょっと座るだけ」

慌《あわ》てて彼の身体を抱き止めたけれど、姿勢を立て直せない。指先に触れるトラヴィスの身体が冷たくなっていく。

「トラヴィス……私に何をしたの！」

「念のため、傷つかない術をかけた。この任務は……予想外なことが多すぎるからな」

「もう神力は使わないでって言ったのに！」

トラヴィスから返事はない。話すのすら辛《つら》そうで、私は彼を抱き止める手に力を込める。

『……しんりきのつかいすぎだね』

「そんな」

リルの言葉は肩《かた》からではなく私の隣《となり》から聞こえた。そちらに目をやると、本来の姿に戻《もど》ったリルがいた。さっきまでのかわいらしい姿からは想像がつかないほどに神々《こうごう》しい。

『かっこよくいうと、ときはきた。セレスティアのまりょくをわたすね』

「何を言っているの……リル」

もっと早く渡《わた》してほしかった、そう抗議《こうぎ》しようとした瞬間《しゅんかん》、リルは私の手首を鼻先で持ち上げた。そこにはアリーナに作ってもらった魔石《ませき》のブレスレットがあった。

「光ってる……？」

わずかに光を帯びる、ガーネット、エメラルド、トパーズ、アメジスト、クリスタル。

ふと、このブレスレットを作ってくれたアリーナが言っていたことを思い出す。

〝このブレスレットは、使用者の力を最大限に発揮してくれるものです。ただ、魔石の組み合わせや加工方法から言って……本当に強い効果を発揮するのは使用者が本当に困った時です。めったに発現しない分、そのときは特に強い力を使えます。よく覚えておいてくださいね〟

『これは、セレスティアのちからをとってもおおきくしてくれるアクセサリーだね。そばにいるしんいいかんのちからがきれたから、はつどうした』

リルの言葉と同時に、空っぽに近かった身体に聖属性の魔力が満ちていくのがわかる。

『ぼくにいいたいことはたくさんあるとおもう。でもいまはあっちがさきだよ、セレスティア』

リルの視線の先には、加速して落ちてくる大きな炎の塊。

《防御《プロテクション》》

もう一度唱えると、上空にさっきまでとは比べ物にならないほどたくさんの細かい光の粒子《りゅうし》が広がる。それがこの町一帯を守るみたいに覆《おお》いつくす。

空に浮かんでいた彗星の欠片はその光に当たってしゅわしゅわと消えていく。

そして、今までで一番大きな欠片だったはずの塊も、空の真ん中で私が張った防御魔法の結界に当たって消えた。それはもう、本当にあっさりと。

──私が『先見の聖女』の力で見たそのままの光景だった。

「もうこれで大丈夫《だいじょうぶ》……？」

『うん。なにもおちてこないよ。まほうをといてもだいじょうぶ』

リルの言葉で魔法を解いた私は足元に座り込んだままのトラヴィスの肩に手をかけた。

「トラヴィス！」

「ん……」

かろうじて意識はあるようだけれど、とても辛そうで。

『トラヴィスはだいじょうぶだよ。しばらくやすまないといけないけどね』

「本当に？　神力の使いすぎって大変なんでしょう？　本当に大丈夫なの⁉」

『うん。なによりも、セレスティアはせいじょだよ。なおしてあげられるからあんしんして』

「そっか……」

安堵《あんど》で足から力が抜け、私まで地面にへたり込んでしまった。

座り込んでいるくせに、トラヴィスの手が私を支えようと持ち上がったのを見て胸が苦しくなる。

〝俺は神官として、聖女・セレスティアに仕える。ただ、もし命を懸《か》けたとしたらそれは神官としてじゃない。覚えておいて〟

――この町に降り立つ前日に告げられた、トラヴィスの言葉が頭から離《はな》れなかった。

彗星《すいせい》の到来《とうらい》から三日が経《た》ったけれど、私はまだサシェの町の宿屋にいた。

町の人々はいつもの生活に戻りつつある。

『セレスティアのまりょくはもうすっかりもとどおりだね』

「ええ。あとはトラヴィスが目を覚ますだけ……なのだけど」

そのトラヴィスはと言えば、ベッドでお行儀《ぎょうぎ》よく眠《ねむ》っていた。私が『豊穣《ほうじょう》の聖女』の力を使って消耗《しょうもう》した命を修復したものの、まだ目覚めないのだ。

身体《からだ》の面で見ると彼は十分に回復している。けれど、青白い顔色からは時間をかけた回復が必要だと簡単にわかる。

ちなみに、大神官様からは目覚めて自分の足で歩けるようになるまでは王都に戻るなというお達しが出ている。まぁ身体の回復が最優先なのは当然のことで。

でも、どうしても納得《なっとく》いかないことがある。それは。

「今回の遠征《えんせい》任務で……トラヴィスの功績は何ひとつ王宮に報告されないんだって」

『それはだめなことなの？　じっさいにセレスティアのちからがあったからサシェのまちをまもれたんだよ』

「……私一人では無理だった。なのに、トラヴィスの活躍《かつやく》がなかったことになるなんて」

大神官様のお達しによって、あの場にトラヴィスがいたことに緘口令《かんこうれい》が布《し》かれていた。

『トラヴィスはむずかしいたちばのひとなんだよ。あまりかつやくすると、それをよくおもわないひとがでてくるから。トラヴィスのためだとおもうな』

「うん……改めてそうなんだなって思った」

私はベッドサイドの椅子《いす》に座ってトラヴィスの寝顔《ねがお》を眺《なが》める。おでこには包帯が巻かれているけれど、ちょっとしたかすり傷を保護するためだけにこうなってしまった。

医務官がレイに付き添《そ》っていなくなってしまったため、私が応急処置で薬を塗《ぬ》ったのだ。

結果、いろいろ端折《はしょ》って包帯ぐるぐる巻きという結果に。

刺繍《ししゅう》は得意なはずなのに怪我《けが》の手当てはだめだった。トラヴィスは私のことを必死に守ってくれたのに、私はまともな手当てひとつできなくてごめん。

回復魔法《まほう》を使えば、と思ったけれど、トラヴィスだけではなく神官はみな聖女に回復魔法を使われることを嫌《きら》う。だから私は薬を塗って包帯を巻いた。

人差し指でトラヴィスのおでこ——包帯の下のかすり傷があるあたり、を軽く触《さわ》る。

いつの間に傷ができていたんだろう、必死で気がつかなかった。彼は気を失いそうになるまで私のことを守ってくれていたのに。これじゃあ相棒失格すぎる。

リルがトラヴィスの枕元《まくらもと》にぴょんと下りたので、私は頰《ほお》を膨《ふく》らませた。

「リルにずっと聞こうと思っていたの。アリーナが作ってくれたブレスレットが発動する条件を知っていたでしょう？　それなのに、どうして言ってくれなかったの」

『ごめんね。おこってるよね』

「うん、結構怒《おこ》ってる」

『だって、セレスティアはトラヴィスのことがすきでしょう』

え？

あまりにもリルが当然という顔をしているので私は呆気《あっけ》にとられた。一気に頰が熱を持つのを感じて、ぶんぶんと首を振《ふ》る。

「す、好きじゃない！」

『すきなひとがくるしむのをみてられないだろうなっておもったからいわなかったんだよ。

でも、かくじつにサシェのまちをすくえるっておもったから』

好きじゃないって言ったの聞こえなかったのかな？

「違《ちが》う。私、トラヴィスのことなんて……」

だって死にたくないし、と思いながら声を張り上げたところで。

「ぷっ」

私でもリルでもない笑い声が聞こえた。その方向に視線を向けると、トラヴィスが目を開けていた。自分がたった今していた会話のことも忘れて、私は身を乗り出す。

「トラヴィス！　よかった……」

「セレスティア。命を懸けた人の横でひどい会話するのやめてくれないか？」

「ひどい会話……？」

「リルの言葉はわからないけど、セレスティア？」

あれ、私はさっきリルになんて言っていたっけ。回想してはっとする。そうだ、好きじゃないとか何とか言っていたような。

「……ど、どこから起きていたの」

「うーん、セレスティアがおでこに触っているあたり？」

全部聞かれてた！

「ふ、深い意味はなくて」

「大丈夫、期待はしていないから」

そう答えるトラヴィスに「違う」と否定しそうになった私は慌《あわ》てて唇《くちびる》を噛《か》む。否定したって、私には伝えられる言葉が何もないのだ。

この数日で私は十分にわかっていた。彼のことは何とも思っていないと強がりつつも、そうではないことを。

でも私は死にたく……ない。好きと認めなくても結局同じ運命を辿《たど》ることになるのかな。

私は死んでループして、またシャンデリアが落ちる朝に戻《もど》るの？

彼に殺されることもだけれど、この人生がなしになるのが怖《こわ》い。トラヴィスやバージルやシンディーやエイドリアンと仲良くなって、幸せで満たされた日々が消えてしまうのが怖い。

「……敬語を使ってくれるか？」

トラヴィスの言葉に私は目を丸くした。そっか。任務は終わったのだ。いつも通りの言《こと》葉遣《ばづか》いにしないといけない。

「ご無事で何よりです。私を守ってくださってありがとうございました」

姿勢を正して深く頭を下げると、トラヴィスは膝《ひざ》の上に揃《そろ》えた私の手を取る。

「敬語禁止ルールっていいよな、主に罰則《ばっそく》つきなところが。今日はこれぐらい許してくれるか？」

「え」

そしてそのまま、私の手に口づけて目を閉じた。瑠璃色《るりいろ》の瞳《ひとみ》が見えなくなって、代わりに長い睫毛《まつげ》の影《かげ》が落ちる。

「セレスティアが無事で、本当によかった」

何かを愛《いと》おしむような、低くて優《やさ》しくて温かい声が、私の胸に響《ひび》く。

「それは……トラヴィスのほうでしょう」

堪《こら》えていたのに、視界が滲《にじ》んで、揺《ゆ》れて、頬が濡《ぬ》れる。彼は少し驚《おどろ》いた表情を見せたあと、私の涙《なみだ》を指で拭《ぬぐ》ってくれた。今日はシーツ越《ご》しじゃなかった。

ごちゃごちゃしていたはずの頭の中が一気に整理されて、靄《もや》が消えていく。そこに残った答えはひとつ。

――この人は絶対に私を殺さない。

それだけだった。

第五章 ✳ 黒竜と異世界から来た勇者

王都の神殿《しんでん》に戻った私たちを待っていたのは、心配そうな表情をした神官たちだった。いち早く飛んできたのはバージルだ。

「アンタねえ！ 心配したのよ！ ああやっぱり髪《かみ》がぼさぼさ！ アンタってここを離《はな》れるとすぐにこういうとこ怠《おこた》るわよねえ！」

「す、すみません」

「でももうこんなことにはならないわ！ 安心しなさい！」

「それはどういう……？」

「アタシも護衛につくことになったからよッ！ 芋臭《いもくさ》い服なんて着せるもんですか！」

「え」

バージルの野太い声に引いていると、シンディーが食堂のソファに案内してくれる。

「セレスティア様、お疲《つか》れでしょう。ご自分の身体に回復魔法を使うことはできません。ここはぜひ、私が」

「シンディーさん、大丈夫《だいじょうぶ》です。数日寝込《ねこ》んでいたのはトラヴィスであって私ではありませんから。お気遣《きづか》い、ありがとうございます」

「いいえ。これからは私もお供いたしますから」

「シンディーさんが、私に……？」

さっきから皆《みんな》の言っている意味がわからない。トラヴィスに助けを求めて視線を送ると、とても不満げに教えてくれた。

「大神官様からの書簡にあったんだけど……今回の任務で起こったことを鑑《かんが》みて、セレスティアには四人の神官がつくことになったって」

「え」

どこからどう見ても、貴重な神官の無駄遣《むだづか》いにしか思えない。

大体にして、皆は私と組まなかったそれぞれの人生で幸せに生きていた……はず。聖女と組むことはなかったけれど、出世したり特別な任務についたりいろいろだったような。

そもそも、聖女の相棒候補に選ばれるというだけで神力が高い優《すぐ》れた神官なのだ。

そんな方々を私の専属にして組ませるって本気なのかな。

「もちろん、四人全員が四六時中ずっと一緒《いっしょ》にいるわけじゃないよ？　任務に合わせて同行する者を替《か》えるってことみたい」

「な、なるほど」

「だけど、セレスティアのブレスレットの発動条件を考えて、俺は大体一緒にいることに

「大神官様については押し切った。この国での親代わりみたいなものだから、余裕《よゆう》」

涼《すず》しい顔をして、『余裕』じゃない。

トラヴィスは私のために命を削《けず》ろうとする人だ。しかも、それを織り込み済みで私についてこようとしている。そんなのだめ。……と思ったけれど、全然目を合わせてくれない。抗議《こうぎ》を受け入れる気はないらしい。

「大神官様に希望をお伝えしてからご決断いただくまでに時間がかかりましたが、その分喜びもひとしおというものです」

会話を見守っていたエイドリアンも恭《うやうや》しく頭を下げるのはやめてほしい。

「そんなことより、大変よ！　異世界から勇者が召喚《しようかん》されたのよ！」

え。バージルの発言に私が目を瞬《また》くと、トラヴィスの表情が急に引き締《し》まった。

「そんな件、大神官様から聞いていないな。俺に知らせていないのはわざとだな、シンディー？」

「はい。今はトラヴィス様の心配事を増やすべきではないと大神官様が仰《おお》せで」

「俺にとっては、任務によっては俺以外の誰《だれ》かがセレスティアに同行する可能性があることのほうがよっぽど負担だ」

「え」

なった」

そうですか。

ついにこの時が、と思った私は、異世界から来た勇者と聖女のことを回想することにした。

私が異世界から来た勇者と聖女に深く関《かか》わったのは、二回目のループのときだった。

基本的にルーティニア王国は平和だ。たまに魔物《まもの》が出たりするけれど、きちんと住み分けができている。森の奥深くや遠くの山々にはそういった魔物の類《たぐ》いが住み、人間は町や平野に住む。

人の活動範囲《はんい》には結界が張ってあって、そこを越《こ》えてくる魔物はほとんどいない。

けれど、竜だけは別だった。

長距離《ちょうきょり》を飛んで移動できる竜たちの行動範囲が人間に決められるわけもなくて。私が知っている未来では、彗星《すいせい》がサシェの町を飲み込んだのとほぼ同時期に黒竜が目覚めることになる。

けれど神様だって私たち人間をそうたやすく見放すことはない。同時に、類稀《たぐいまれ》な力を持つ勇者を異世界から召喚してくださっていた。

勇者と一緒に一人の少女もこの世界にやってきていて、聖女と呼ばれることになる。

二回目のループのときの私は、彼らと一緒に黒竜討伐《とうばつ》へ行くことになった。

途中《とちゅう》、魔物と戦いながら険しい山を進み、辿り着いた黒竜の居場所。最終的に、私は勇者一行と協力して聖属性の攻撃魔法《こうげきまほう》を放ち、黒竜を倒《たお》すことに成功した……はずだった。

けれど、黒竜が自分の命と引き換《か》えに最後に放った炎《ほのお》に焼かれて死んだ。

位置取りとしては、そんな風になる予定じゃなかった。

万一そうなった場合を想定し、退避《たいひ》場所を考えた上での攻撃《こうげき》だったのに。

それなのに、いきなり最前線に押し出されて死んだ。気がついたら、スコールズ子爵《ししゃく》家でシャンデリアが降ってきてた。……ひどくない？

ちなみに、私は勇者に好意を抱《いだ》いていました。不遇《ふぐう》な私にも優しく接してくれ、知らない世界のことをいろいろ教えてくれる彼は、ループ二回目の私にとってはかっこよくて尊敬できる相手に見えていたのです。

「……お、思い返すだけで恥《は》ずかしいから早く忘れたい！」

「セレスティア。大丈夫？　ぼうっとしてどうかした？」

トラヴィスの声に顔を上げると、いつの間にか大神官様のお部屋の前に立っていた。私は顔を覆《おお》っていた両手を外し、頭をぶんぶんと振《ふ》る。

さっき、食堂でくつろいでいたところに大神官様から呼び出しがあった。トラヴィスが「遠征《えんせい》任務での子細が知りたいのだろう」と言うので、私も大神官様のお部屋までついてきたのだけれど。

でもここはやっぱり場違《ばちが》いな気もする。

「大丈夫です。ですがご迷惑《めいわく》かもしれないので、ここは失礼を」

「ううん。文句は言わせないから大丈夫」

「でも、大神官様がお呼びなのはトラヴィスだけだし」

「セレスティアが一緒でも問題ない」

いつものトラヴィスなら良きところで引いてくれる。けれど今日は違っていて。一体どうしたのだろうと私は目を瞬《まばた》かせた。

彼は壁《かべ》にもたれかかって軽く笑《え》みを浮《う》かべると、私の顔を覗《のぞ》き込んでくる。

「……今日、この後はそれぞれの部屋に戻《もど》って休むだけだな？」

「ええ、そうだけれど」

「俺にとって、この遠征任務は特別だった。起きたことも、セレスティアと過ごしたことも、全《すべ》てにおいて。その終わりの日を最後に相棒の顔を見て締《し》めたい、って思うのはわがまま？」

「！」

思いがけない言葉に息をするのを忘れてしまった。答えようとしたところで呼吸が苦しいことに気がついて、喉《のど》がひゅっと鳴る。

私がとんでもなくドキドキしているのは置いておいて、とにかく、相棒っていう呼び方はずるいと思う。

そしてだめ押しの一言がくる。

「俺、死にかけたのにな？」

「喜んで一緒にまいります」

あっさり決意を翻《ひるがえ》した私に、トラヴィスが悪戯《いたずら》っぽく笑う。年上のはずなのにかわいく見えてしまって、動揺《どうよう》を隠《かく》すのに精一杯《せいいっぱい》になる。

この扉《とびら》を開けたらいつもの表情に戻るのかな。つい数秒前の彼の言葉を反芻《はんすう》した私は、今さらながら名残惜《なごりお》しい気持ちになった。

ノックの後、トラヴィスが大神官様のお部屋の扉を開ける。大神官様のお部屋で待っていたのは、見覚えのある二人だった。

青みがかった黒と銀の二色の髪色をした青年と、チョコレートのように艶々《つやつや》した髪を揺《ゆ》らす透明感《とうめいかん》のある少女。

――あ、知ってる。

「トラヴィス。……ああ、聖女・セレスティアも一緒じゃったか。ちょうどいい、紹介《しょうかい》しよう。異世界から召喚された救世主の二人じゃ」

「神官のトラヴィスと言います。よろしく」

「リクです。なんか……勇者って言われてまじわけわかんないっす」

「あの……アオイです。リクさんとは数日前にこの世界で出会ったばかりで……。とにかく早く元の世界に戻りたいので、よろしくお願いします」

「セレスティア・シンシア・スコールズと申します」

私が型通りの挨拶《あいさつ》をすると、リクは少し頬《ほお》を染めアオイは戸惑《とまど》ったような表情を見せた。

「大神官様……この人、だ、誰っすか？」

「このお部屋まで来るということは、巫女《みこ》の方とは違うんですよね？」

前に聞いたときは、二人とも『大学生』だと言っていた。

二色の不思議な髪色《かみ》をした青年がリクで、肩《かた》より少し長めの髪を内巻きにしてフリル多めのワンピースを着ているのがアオイ。

異世界のファッションについては、バージルが見たら顔を引き攣《つ》らせて絶叫《ぜっきょう》しそう。

この二人、大神官様が特別な方だということと、その大神官様と会話ができる人物はそれなりの地位にあるということをすでに学んでいるらしい。

二回目のループのときはなかなかそれがわからなかったらしく、特にアオイはあまり良く思われていなかった。

巫女だけではなく聖女や神官たちにも敬意を払《はら》わずに接するので、黒竜《こくりゅう》討伐に同行したいという聖女がいなくなってしまったのだ。

そのせいで『戦いの聖女』としてはまだ日が浅く、実戦経験に欠ける私が同行することになった。今回はこの世界のルールを誰かが教えてあげたのかな、とほっとする。

とにかく、この二人と一緒《いっしょ》にまた黒竜のところまで行くのは勘弁《かんべん》してもらいたい。

だって私が最後の最後で最前線に放《ほう》り出された理由には、心当たりがあるから。

それはたぶん、私が勇者・リクと聖女・アオイに横恋慕《よこれんぼ》しているような状態になってしまったからで。結果だけ見れば申し訳ないけれど、二人がそういう仲だなんて私は死ぬ直前まで知らなかった。

黒竜が住む山までの長い道中。リクは私とアオイ双方《そうほう》に甘い言葉を吐《は》き、二人とも恋《こい》に落ちた。私はリクに好意を持っていたものの、任務に集中していたため彼の気持ちに応《こた》えることはなかった。

けれど、死ぬ直前にアオイから『泥棒猫《どろぼうねこ》!』という小説でしか聞いたことがないベタな言葉を叫《さけ》ばれた。つまり、リクとアオイはいつのまにか恋人同士になっていたのだと思う。

そして、アオイを選んだリクは保身に走る。その結果、私は黒竜が炎を吹《ふ》いたタイミングで押し出され、死んだ。恐《おそ》らく同時進行で私を口説いていたことを知られたくなかったのだと思う。……ひどくない?

その証拠《しょうこ》に、二回目以外のループで討伐に同行した聖女は死んでいなかった。

だから、今回は私以外の人に同行してもらいたい。同じルートを辿《たど》る可能性はゼロどころかマイナスだけれど、私のメンタル面が本当に無理です。

そんな風に考えていたところで大神官様が口を開く。

「我がルーティニア王国で随一《ずいいち》の力を誇《ほこ》る聖女・セレスティアじゃ。リクとアオイに任せる任務の内容はまだわからないが、とにかく彼女に同行してもらうのがよかろう」

ちょっとまってそんなすぐに決めないで！　けれど、真っ青になった私に投げかけられたのは全然関係ない話題だった。

「よかったです！　私、大学でサークルクラッシャーって呼ばれていて。失礼しちゃいますよね！」

「さ、サークル……？」

「はい！　そうじゃなきゃ『姫《ひめ》』とか」

「ひめ」

王族の類いか、と首を傾《かし》げる私の前で、アオイはこつん、と自分のおでこを小突《こづ》いた。

「私がいるとなぜか周りの人間関係がおかしくなってしまって……でもこんなにかわいいセレスティアさんが一緒なんですもん。今回は大丈夫《だいじょうぶ》そうだなって安心しちゃった」

そういうことですか。

ふふふ、とアオイは微笑《ほほえ》んでみせるけれど、話している内容と表情がわりとちぐはぐだ。

そう。アオイってこういう子だった。クリスティーナに少しだけ似ているけれど、異母妹よりはずっと要領がいい。

二回目のループのときも、違和感《いわかん》を持ちつつ仲良くしていたら、最後の最後でやられたのだ。

私が悶々《もんもん》としている中で、大神官様は本題に入る。

「トラヴィス。今日ここに呼んだのは、トラヴィスにしかできない頼《たの》みがあるからじゃ」

「なんでしょうか、大神官様」

「アオイの能力鑑定《かんてい》をしてほしい」

「！」

能力鑑定。

それは規格外な神力を持つ神官にだけ許される、聖女の力の種類を探《さぐ》る方法だった。この神殿《しんでん》ではトラヴィスにしかできなくて、彼がいなければ能力鑑定は敵《かな》わない。

まあ、普通《ふつう》なら啓示《けいじ》の儀《ぎ》で石板が教えてくれるものなので、石板が使えないなんて事態でなければ必要がないスキルだ。

「啓示の儀でセレスティアが石板を割ってしまったじゃろう。新しいものをつくったのじゃが、どうも精度が低くてのう。適性の有無《うむ》はわかるのじゃが、それが聖女だった場合に、どの聖女の力を有するのかがわからない時があってのう。今回はそれじゃ」

私のせいですねごめんなさい。

けれど、能力鑑定をするとなると、トラヴィスがアオイの手を握《にぎ》って神力を彼女の身体《からだ》に流し、聖属性の魔力《まりょく》を分析《ぶんせき》することになる。

トラヴィスが私を好きだと言ってくれるようになったのは、この『能力鑑定』がきっかけだった。なんだかもやもやする。ううん、必要なことだし全然いいはずなのだけれど。

「……セレスティア、どうかした？」

私を綺麗《きれい》な瑠璃色《るりいろ》の瞳《ひとみ》が見下ろしている。困惑《こんわく》の色が見えるものの、少しうれしそうにも見える。なに。

「？」

「これ」

「……？」

トラヴィスの視線を追う。しゅっとした輪郭《りんかく》、ごつごつとして男っぽい首、細身に見えるのに実はがっしりしている二の腕《うで》。……その先には彼の腕をがっしりと摑《つか》む私の両手があった。

「きゃあ!?」

慌《あわ》てて飛び退《の》こうとしたのに、摑んだ両手の上から手を重ねられて敵わなかった。その姿勢のまま、トラヴィスは大神官様に答える。

「能力鑑定は明日以降で大丈夫ですか」

「もちろんじゃ。……仲良しじゃのう」

のんびりとした大神官様の言葉に私は赤くなる。

しまった。どうしてこんなことを。とにかくトラヴィスが、私が腕を掴んでしまった理由に気がついていませんように。

恐る恐るもう一度トラヴィスの腕から手を離《はな》そうと思ったけれど、またしても上からぎゅっと押さえられて敵わなかった。

その日の夜、寮《りょう》の部屋に戻《もど》った私は黒竜の目覚めが間近なことをリルに話した。私の話を一通り聞いてくれた後で、リルはふかふかのしっぽをぶるんぶるん振《ふ》った。

『ぼくはこくりゅう、すき』

「へ」

『いいやつだよ。ひとをころしてたのしむタイプじゃない』

「リル、黒竜のことを知っているの？」

『うん。はじまりのせいじょといっしょにあそんだことがある』

「遊んだ」

神獣《しんじゅう》ってすごい。

『からだがおおきくてちからもまりょくもつよすぎるけど、ぼくはすきだよ。だいたいねむっている、おだやかなりゅうだよ。たいじするのはいやだなぁ』

黒竜は害をなすタイプではない、というリルの発言。それって本当なのかな。

私が知っている歴史では黒竜は悪とされていた。無差別に町や村を焼け野原に変えていく、って。

黒竜《こくりゅう》の眠《ねむ》りは長いもので、前回の目覚めは記録にすらない。だからそれを経験した人はもちろんいないわけだけれど。

「リル。黒竜って話せばわかるタイプなの……？」

『うん。わるいやつじゃないから。ともだち！』

「なるほど」

『こくりゅうのところにはぼくもいっしょにいくよ。はなせばわかる』

「わ……わかったわ」

そもそも二回目のループで黒竜の討伐《とうばつ》に行ったとき、私たちは黒竜と話そうとは思わなかった。だって、見つかった瞬間《しゅんかん》に戦闘《せんとう》になったんだもの。

あの時は突然炎《とつぜんほのお》が飛んできてアオイの前髪《まえがみ》が焦《こ》げた。ギャッという悲鳴を覚えている。

いろいろ不思議な点はあるけれど、とにかく無駄《むだ》な犠牲《ぎせい》を避《さ》けるためには私が黒竜の住む山に行く必要があるらしい。

黒竜に話が通じない場合、勇者・リクの力がどうしても必要になるだろうから、リクとアオイを置いていくという線はない。

まぁ、魔力五倍の私の聖属性の攻撃魔法《こうげきまほう》もなかなか効きそうな気はするけれど。

それから三日が経《た》った。

私は神殿近くの保護院にいた。保護院というのは、親が病気だったりして一時的な保護を必要とする子どものための施設。

父親を王都に呼び出して今後の方針を決めるまで、私がサシェの町で出会った少年・レイはここで保護されている。王都に戻ってから、私は毎日この保護院へ来ていた。

「レイ、元気?」

「うん。セレスティアは元気がないね?」

思いがけない感想に私は目を瞬《まばた》いた。あまりにも鋭《するど》い指摘《してき》に顔が引き攣《つ》る。

「そ、そんな風に……見える?」

「うん。昨日もしょんぼりしてたけど、今日はもっとだよ」

「……!」

言い当てられてしまって、私は頭を抱《かか》えた。その指摘は合っている。

今日はトラヴィスがアオイの能力鑑定をする日。異世界からやってきた聖女・アオイにトラヴィスが神力を流してどんな力を持っているか見極《みきわ》める日なのだ。

一応、能力鑑定には私も立ち会うことになっている。本当はどちらでもよかったのだけれど、どうしても気になって。その現場を見ても見なくてももやもやするぐらいなら、立ち会おうと思ったのだ。

保護院の庭の端《はし》っこに置かれたベンチに座った私は足元の石を蹴《け》る。

「レイはえらいね。自分で決めてここまで来たんだもん」

「誘《さそ》ってくれたのはセレスティアでしょう？　僕がここにいるのはセレスティアのおかげ。だから元気を出して」

レイに気を遣《つか》わせてしまっていることを察して私は無理に笑顔《えがお》を作った。

わかっている。私がこんなにぼんやりしているのは、トラヴィスがアオイの魔力に触《ふ》れるのが嫌《いや》だからだって。

トラヴィスが私のことを好きだと言ってくれるようになったきっかけは、能力鑑定で私の魔力に触れたからだった。

『神力と魔力の交わりがなくても、いずれは好きになっていた』

図書館でも神官の神力と聖女の聖属性魔力の関係については調べた。そっくりそのことが書いてあったから、嘘《うそ》ではないと思う……けれど。

「お兄ちゃん……神官のトラヴィスさん、今日は来ないの？」

「ええ。忙《いそが》しい方なの」

「トラヴィスさんって、セレスティアの恋人《こいびと》？」

思いがけない問いに、私は慌ててぶんぶんと首を振る。

「ち、違《ちが》うわ！　違う違う。えーと……同僚《どうりょう》？」

「ドウリョウ？　なんだ。てっきり恋人同士かと思った」

「こ、こい……そ、そういうのじゃないから！」

自分で答えながら、胸が痛くなる。自分の意思で口にしたはずの言葉にざくざく刺《さ》されている気がする。少し前なら、本当に違うし死にたくないからやめて！　って思っていたはずなのに。

六歳も年下のレイに気遣《きづか》われながら他愛《たわい》ない会話を終えた私は、保護院を後にして大神官様のお部屋に向かったのだった。


「こんにちは」

「セレスティア。あれ……顔色が悪くないか？」

「そんなこと」

ないです。

大神官様のお部屋で出迎《でむか》えてくれてくれたトラヴィスから私は目を逸《そ》らした。彼の視線が追いかけてくる。それからどうにかして逃《のが》れたくて、応接セットの後ろに立っている勇者・リクの隣《となり》に滑《すべ》り込んだ。

応接セットにはアオイが座っていて、私のほうを振り向いてニコリとかわいらしく微笑《ほほえ》んでくれた。

「では、そろそろ始めるとしようかのう」

大神官様の声掛《こえか》けで、応接セットに向かい合って座っているトラヴィスとアオイがお互《たが》いに目を合わせる。

「アオイさん。手をお貸しいただけますか」

「はい、トラヴィス様」

アオイの表情は私からは見えない。けれど、耳が何となく赤いような気がする。

その正面に座ったトラヴィスの表情は真剣《しんけん》で、サシェの町で見た任務中の厳しい顔を思い出す。

理論上はわかる。神官が好きになってしまうのは、運命の相手だけだって。でも、人が本気で好きになるのは人生に一人きりじゃない……とも思う。

アオイももしその相手の一人だったら？　あんなに私へ好意を向けてくれていても、逆らえない感情ってあると思う。好きになったら十五歳の振《ふ》り出しに戻《もど》るとわかっていても、私がトラヴィスにこんなぐちゃぐちゃな思いを抱《いだ》いてしまっているみたいに。

「……大神官様。鑑定《かんてい》の前に少し席を外しても宜《よろ》しいでしょうか」

もやもやしていると、トラヴィスが大神官様に何かを申し出た。

「どうかしたかのう、トラヴィス」

「やはり、セレスティアの体調が良くないみたいですので」

ハッとする。いつの間にか、トラヴィスは立ち上がって私の目の前に来ていた。彼の瞳《ひとみ》に心配の色が映って、私は慌《あわ》てて首を振る。

「いいえ、大丈夫《だいじょうぶ》です。少し考え事をしていただけで。能力鑑定を始めてください」

「セレスティア、無理はするな。……大神官様、アオイさん。彼女を医務室へ送ってきますので少しお待ちいただけますか」

トラヴィスの言葉に、大神官様も頷《うなず》く。

「ああ。問題ない。医務室へ送り届けてからにするかのう」

「あの、本当に、私……！」

ぶんぶんと首を振ったけれど、もう遅《おそ》かった。トラヴィスは私を本気で心配している。

まずい。違う。全然そういうのじゃないから心配しないでほしいし、何よりも今二人になるのは辛《つら》い。何がって、自分のずるさが辛い。

涙目《なみだめ》になりかけた私のところに、アオイの天の助けのような声がする。

「セレスティア様のことは……どなたか巫女《みこ》の方にお願いすればいいのでは？　ぜひそうさせてください！

「いいえ。彼女は私が」

トラヴィスはそれをぴしゃりと笑顔で突《つ》っぱねた。そして私の手をとって、大神官様のお部屋を出る。詰《つ》んだ……。

どうしよう。

真っ白い大理石の床《ゆか》に、コツコツと私たちの靴《くつ》の音が響《ひび》く。私の手はトラヴィスに引かれていて、医務室へと向かっていた。

「……トラヴィス。私、別に具合が悪いわけじゃないの」

「でも顔が真っ青だ。医務室へ行ったほうがいい」

「そういうんじゃなくて」

それならどういうのなんだろう。まさか、トラヴィスがアオイの能力鑑定をするのが嫌だなんて言える？　これまで、彼からの好意をさらさらと受け流し続けてきた私にそれを言う資格はある？　大体にして、私は死にたくないんじゃなかったの！

そう思ったら言葉に詰まってしまって、足が動かなくなった。それをトラヴィスは何も言わずに待ってくれる。

日中だというのに、大理石の回廊《かいろう》はとても静か。呼吸をする音でさえ響きそうなほどの緊張《きんちょう》に包まれる。

でもこんな風に思わせぶりなことをするぐらいなら、きちんと彼に言わないといけない。

「……私、死にたくないの。詳《くわ》しくは話せないけど、本当に……この人生を失いたくなくて。とっても幸せだから」

「前にもそんなことを言っていたな。何か困っているなら力になる。だから話してほしい」

優《やさ》しい声色《こわいろ》にほっとする。けれど、本当のことを話してもいいのかな。私が何度も好きな人に殺されて、何回もループしていることを知ったらあなたはどんな顔をするの。

私は、一度目の人生で出会ったトラヴィスのことを久しく思い出していない。優しくて物知りで頼《たよ》りになって、大切な友人だった一度目の彼は、なんだか遠い存在になってしまった。

ごちゃ混ぜになった感情がぐるぐると胸の中に渦巻《うずま》いて、衝動《しょうどう》的に本音がこぼれた。

「私……さっき、大神官様のお部屋で『トラヴィスがアオイ様の能力鑑定をするのが嫌だ』って思った……」

「……え？」

鳩《はと》が豆鉄砲《まめでっぽう》を食ったような顔というのは、きっとこのことだと思う。ぽかんとした後、さっきまで私を真剣に心配してくれていたトラヴィスの顔が、優しげなものから引き締《し》まったものになっていく。その変化を見ながら、しまった、と思った。

これってまるで告白だ。

「ご、ごめんなさい！　今日はもう寮《りょう》の部屋に戻る！」

　慌《あわ》てて私は三歩分先にいたトラヴィスの横を走り抜《ぬ》けて寮に向かおうとした……のだけれど。

　サッとすり抜けようとした私の目の前には、トラヴィスの腕《うで》があった。回廊の壁《かべ》に片手を突いた彼に道を塞《ふさ》がれている。まさかの事態に私は一瞬《いっしゅん》で現実に引き戻された。

　彼にとって蒼《あお》く見えていただろう顔が一瞬で熱をもってしまった私に、トラヴィスも我に返ったようだった。

「あ、ごめん。つい反射的に」

「い……いいえ」

　私も反射的にぶんぶん首を振る。けれど『ではこちら側ではなく反対側を失礼します！』とはいかなかった。その体勢のまま、私を見下ろしてくる。

「俺のことは、絶対に好きにならないんだよな？」

　とりあえずこくこくと頷く。

「それなのに、なんなの。これは」

　トラヴィスは少し怒《おこ》ったような顔をしているように見える。

「ご、ごめんなさ……」

「謝る必要ない」

　優しく、でもきっぱりと遮《さえぎ》られた。

「俺が前に言った……『一方的に想《おも》うだけならいいだろう』っていうの、あれは本音。セレスティアは、俺のことはいくらでも振り回していいんだ。でも、セレスティアがよく言う『人を好きになったら死ぬ』っていうのが俺にはずっと疑問なんだ。もし何か困っていることがあるなら、ちゃんと話してほしい」

そっか。トラヴィスは私が思わせぶりな態度を取っているから怒っているんじゃない。傍《はた》から見ると明らかに私は困ったり悩《なや》んだりしているのに、何も話さないことを悲しんでいるんだ。

そうだ。あなたは本当にこういう人。あなたに好きだと言ってもらえる人は、本当に幸せな人。それを受け止めたら、驚《おどろ》くほどすんなり告白できた。

「私は、この人生が五回目なの」

「……それ、どういうこと？」

「死ぬと必ず、十五歳の啓示《けいじ》の儀《ぎ》を受ける日に戻るの。最初の私は『先見の聖女』だった。いろいろあって、十七歳のときに婚約者《こんやく》と異母妹《いぼまい》に殺された。そして、十五歳の啓示の儀を受ける日に戻った。……二回目の私は『戦いの聖女』だった。黒竜《こくりゅう》退治に出かけて、前線に放《ほう》り出されて死んだ。三回目も四回目も死んで、これが五回目の人生なの。そして、どの人生でも私を殺すのは好意を持っていた相手。だから、私は誰《だれ》のことも好きになりたくない」

トラヴィスは神妙《しんみょう》な表情で聞いてくれた後、納得《なっとく》したように呟《つぶや》く。

「だから、聖属性の魔力《まりょく》が五倍か。……俄《にわ》かには信じがたいけど『規格外の聖女』に説明がつく」

「……信じるの？」

「ああ。でも、セレスティアは仮に俺を好きになったとして、俺に殺されると思う？」

答えを考えるまでもなく、私は首を横に振っていた。ない。絶対ない。あなたが命を懸《か》けて私を守ろうとしたのを、サシェの町で見たもの。

でも、だからって私がもうループしないという確証だってないのだ。四回も死んでループした記憶《きおく》は、変えようのない事実として想像以上に私の心に蔓延《はびこ》っている。

何も言わない私を見て、意外なことにトラヴィスはうれしそうに口の端《はし》を上げた。

「でも、気持ちに応《こた》えてくれる可能性があるのか」

「え」

「今は、それだけで十分」

「！」

トラヴィスは眩《まぶ》しそうに微笑《ほほえ》むと、私にくるりと背を向けて寮の方向へとゆっくり歩き始めた。そして、ついていかない私のことを振《ふ》り返った。

「……行くぞ？」

「……」

足の感覚がないみたいにふわふわとしている。突然《とつぜん》に、それは降ってきた。鼻の奥がつーんとして何の前触《まえぶ》れもなく思い知らされる。

彼と出会ってから、なんだかんだ理由をつけても隣《となり》を離《はな》れられなかったのはきっとそのせい。死ぬかもしれないと思っても、気持ちを認めてしまうぐらいに。

――やっぱり私、この人が好きなんだ。


大神官様のお部屋に戻《もど》ったトラヴィスによって、アオイの能力鑑定《かんてい》は問題なく行われたらしい。後で結果をバージルが私の部屋まで知らせに来てくれた。

「聖女アオイ様の能力鑑定は無事終わったわよ！　癒《いや》しの聖女の力となんか不思議なサイドスキル持ちだって！　……トラヴィス様はすぐにアンタに会いに行くって言ってたけど、大神官様に用事を申し付けられて敵《かな》わなくて、暴れていらしたわ。荒《あら》ぶるイケメンって素《す》敵《てき》……じゃなくって、アンタたちなんかあったの？」

――って。

よかった、とうっかり素直《すなお》に思ってしまった反面、いよいよ次こそはトラヴィスとまともに向き合えない気がする。

顔を両手で覆《おお》うと、指の隙間《すきま》からバージルのにやにやした笑顔《えがお》が見えた。

誰か、助けて。

翌日の食堂。

願いに反して、私はトラヴィスの隣に座って朝食をとっていた。バージルに『公私混同はやめてくれる？』って怒られたのだ。

本当にその通りだわ、と反省して大人しく息を止め席に着いたら、バージルはにやにやしてとても楽しそうに私の真向かいに座った。怒ってもいいかな？

ちなみに、今朝の朝食の時間は昨日のアオイに対する能力鑑定の結果を報告する場にもなっていた。

「異世界から来た聖女・アオイ様はサイドスキルをお持ちだったのですね」

「ああ。アオイさんが持つ『相手を魅了《みりょう》できる類《たぐ》いのサイドスキル』は戦いに適している。本当に、彼女は救世主として呼ばれたんだろうな」

シンディーの問いにトラヴィスが答えている。平静を装うとしてもカップを持つ手が震《ふる》えて、ミルクティーの表面がとろりと揺《ゆ》れる。

好きと認めてしまったから……ではなく、殺されないかなという意味、これは！

『セレスティア、まりょくのながれがみだれてるね』

「そんなことない」

『きょうふ、とか、おびえ、じゃなくて、なんだかふわふわしてたのしそうなみだれかた』

「ち、違《ちが》う」

リルの言葉が皆《みんな》に聞こえなくて本当によかった、そう思っていると、バージルが突拍子《とっぴょうし》もないことを言い出した。

「そうだ。アンタもう一度トラヴィス様に能力鑑定をしてもらいなさいよ！」

「え、ええ!? 今ここで、ですか」

「そうよ！ サイドスキルって時間が経《た》つことで鑑定に引っかかる場合もあるのよね？ それなら、今ならわかるかもしれないじゃない！ ね、そうしなさい！ だってアンタぐらいの聖女でサイドスキルがないなんて絶対おかしいもの！」

確かに。驚いてしまったけれど、バージルが言うことにも一理あると思う。隣のトラヴィスを見上げると、彼は顔を引き攣《つ》らせてバージルを睨《にら》んだ。

「……勘弁《かんべん》してくれるか？ 正直、あの感覚に今耐《た》えきれる気がしない」

「え」

「察して」

間抜《まぬ》けな声を発したのは私だったけれど、トラヴィスはこちらに視線を向けない。微《び》妙《みょう》に耳が赤いのを見て、私はその意味を理解した。そっかそういうこと……！ つられて私の頬《ほお》も染まる。

「あらぁ。ごめんなさいねえ」

バージルわかってましたよね？

ごほん、と咳《せき》ばらいをした後でトラヴィスが告げてくる。

「セレスティアには伝えていなかったが、アルシュ山近くの村から黒竜が目覚めたのではないかという報告が挙がっている。勇者リクと聖女アオイが異世界からやってきたことに説明がつく」

「ええと、こ、黒竜が……目覚めたのね」

「うん。まだ断言はできないが……近日中に国王から正式な派遣要請《はけんようせい》があると思う。もちろん、王国の騎士《きし》団も一緒《いっしょ》に黒竜の討伐《とうばつ》に向かうことになる。ただ、歴史を振り返っても黒竜を倒《たお》すためには異世界から来た勇者の力が必要だ。それを守護するため、大神官様はセレスティアを指名する気だ」

「わかったわ、心の準備をしておく」

浮《う》かれている場合ではなかったらしい。

大体にして、トラヴィスは昨日のことが嘘《うそ》みたいにさっぱりと切り替《か》えている。

私もしっかりしなきゃ。そう思いながらサンドイッチをもぐもぐと咀嚼《そしゃく》し、ミルクティーで一気に流し込んだのだった。

その日、リルと一緒に神殿《しんでん》の敷地内《しきち》を歩いていたら、知っている人に声をかけられた。

「はじめまして、聖女・セレスティア様」

そこにいたのは、ふわふわの茶色い髪《かみ》と、青みがかった紫色《むらさきいろ》の透《す》き通った瞳《ひとみ》の少年。

私が過去の人生で関《かか》わった神官の中で、最も私と年が近いはず、の人。私が何も答えられずにいるうちに、彼は言葉を重ねる。

「あ、はじめましてじゃなかったかな。一年前の能力鑑定のときに会っているんだよね」

『このひとだれ、セレスティア？』

リルは不思議そうにしている。

人懐《ひとなつ》っこい笑顔。三回目のループでは見られなかったそれに、私は思わず彼の名前を呟いた。

「ノア……」

「あれ、僕の名前知ってたの？　気安く呼ばないでほしいんだけどな？」

ニコニコしているのに、中身は三回目の人生とまったく変わっていない。

彼の運命は、私が啓示《けいじ》の儀《ぎ》を受けた日に変わったはずだったのに。

私が彼――ノア、と組んだのは三回目のループのときだった。

当時、神官の中でも神力が強めの彼は、『癒しの聖女』を守るために最適な存在とされていた。だから、次の『癒しの聖女』の相棒はノアにしようというのが神殿での既定路線だったらしい。

けれど、彼は私が啓示の儀を受けた日に両親を亡《な》くした。

彼の両親が乗った馬車が街中で強盗《ごうとう》に襲《おそ》われたのだ。誰《だれ》かが助けに入る隙《すき》もなく、一《いっ》瞬《しゅん》のことだったらしい。

そのせいで、三回目のループで私が出会ったノアの目は虚《うつ》ろだった。

裕福《ゆうふく》な商人の家で何不自由なく育ったノアだったけれど、実際には商会を経営するため家や土地を担保にしてあちこちに借金をしている状態だったらしい。

その襲撃《しゅうげき》をきっかけに実家の商会は倒産《とうさん》し、ノアは両親も帰る家も何もかもを失ってしまったのだ。

私はそのことに大きな責任を感じていた。だって、襲われるのは私のお父様が乗った馬車のはずだったのだから。

啓示の儀のあの日。私が出発する前に異母妹《いぼまい》・クリスティーナと喧嘩《けんか》をして出発を遅《おく》らせたせいで、ノアの両親が被害《ひがい》に遭《あ》ってしまったのだ。

私が出会ったときノアの心は荒《すさ》んでいた。神殿で皆《みんな》に尊敬される大神官様を敬愛することもなく、神官として神殿にいるのはほかに行き場がないからだと公言して憚《はばか》らなかった。

そんな彼とともに、私は遠方の町へ派遣《はけん》され流行《はや》り病の治療《ちりょう》にあたった。

病気や怪我《けが》を治すには、回復魔法《まほう》よりも薬が優先して使用される。回復魔法での身体《からだ》へのダメージの蓄積《ちくせき》は、数十年という期間で考えると馬鹿《ばか》にできないからだ。

けれど、そのときはそんなことを言っていられる状況《じょうきょう》ではなかった。ノアはただ同行しているだけの存在。手伝ってくれる素振《そぶ》りもなくて、私には神殿からの指示も伝えてくれない。とにかく片《かた》っ端《ぱし》から回復魔法をかけるしかなかった。

そんな私を助けてくれようとしたのが、最寄《もよ》りの大都市に常駐《じょうちゅう》する騎士団に所属する一人の騎士だった。

あの町に滞在《たいざい》した二か月ほどの間に私は彼と仲良くなり、いい友人になった。休憩《きゅうけい》時間の度に彼は私に会いにきてくれて、他愛《たわい》のない話をした。

そして、ある日とうとう私も病にかかった。回復魔法の使いすぎで体力が落ちていた私の病状はみるみるうちに悪化し、薬では治すのが難しくなった。

回復魔法は自分にはかけられないし、そもそも具合が悪すぎて動けない。

彼は寝込《ねこ》んだ私に『ほかの癒《いや》しの聖女を呼んでくるから待っていて』と言ってどこかへ消えた。心細い私に寄り添《そ》ってくれて、そのときは好きだと思った。

けれど、彼はそのまま二度と戻《もど》らなかった。

気がついたら私は十五歳。目の前にはシャンデリアが降ってきていた。

どうしても腹立たしかったので、四回目の人生では彼のことを調べた。そうしたら、彼にはきちんとした婚約者《こんやく》がいた。きっとその婚約者に私との関係を問い詰《つ》められでもしていたのだと思う。

あのとき、彼を頼《たよ》った自分を呪《のろ》いたい……！


回想を終えた私は、三回目のループとは態度がちっとも変わらない……いや、むしろ悪化しているように見えるノアに向き合っていた。

「僕はノア・セシル・ベネット。実家はベネット商会。知ってるよね？」

「ええ、まあ」

「この前、王都の一等地に建ったデパートはうちのなんだ。行ったことはある？」

「い、いいえ」

「それもったいないよ。外観も内装も最上級で、社交界でも今一番アツいスポットだって人気なんだから」

家の自慢《じまん》が始まった！

ただただ驚《おどろ》いて目を瞬《まばた》く私の様子を、ノアは全く気にかけていない様子だった。その調子のまま、あっさりと告げてくる。

「今度の黒竜討伐《こくりゅうとうばつ》、僕も一緒に行くことになったから」

「……え、ノアさん、がですか」

「そう。上の命令だから仕方なく行くけど、僕は君なんかについていくのは嫌《いや》なんだ。迷《めい》惑《わく》かけないでよ」

「上の命令、ってあの」

「王妃《おうひ》陛下と大神官様の命令。僕って今王妃陛下付きの神官として王宮に派遣されてるじゃん？」

知っているけれど、あまりに得意げな彼に私の瞬きは止まらないし言葉も出ない。

「君、ちゃんと話せないんだ？　規格外の聖女っていうからどんななのかと思ったけど。……これなら楽勝だな」

最後のほうはよく聞こえなかった。けれど、ノアは好き放題私をざっくざくと刺《さ》しまくると、ひらひらと手を振って向こうへ行ってしまった。

「……なんなの……」

『やなやつ。ひとひねり、していい？』

「それはダメ」

『えー。セレスティアっておんびんにすませたがるよねえ』

誰にでもお腹《なか》を見せるリルだけど、言いたい放題のノアにはさすがに見せなかった。クリスティーナやお父様に続いて三人目だ。やっぱり賢《かしこ》くてかわいくてえらい。

「私と話してくれるようになったらどんな感じかなって思っていたのだけれど……想像と

違《ちが》いすぎて何も言葉が出なかった……」

王宮と神殿はそれぞれ独立していて、隔《へだ》たりがある。けれど王族の保護と神からの加護を受けるため、数人の神官が王宮へと派遣されている。

私と組まされなかった人生では、ノアは王宮に派遣されて王妃陛下付きの神官として務めていた。今回の人生も同じ。

もしかして、私が三回目のループでノアから無視されていたのって、彼が闇落《やみお》ちしていたからではないのでは……!?

数日後に迫《せま》っているであろう黒竜討伐への出発を前に、私はため息をついたのだった。


その数日後、国王陛下と大神官様から正式な指名をいただいて、私たちは黒竜の討伐へと出発することになった。

レイにはしばらく会いに行けない。そのことを伝えるため、私は保護院にやってきていた。

「ということで、しばらく来られないの。いい子にしててね」

「いい子に、って。子ども扱《あつか》いだなぁ」

「ふふふ」

拗《す》ねたように見えるレイがかわいくて、ついつい笑ってしまう。そんな私を見て、レイはさらに頬《ほお》を膨《ふく》らませた後、ぷはっと笑った。

「まぁ、セレスティアが元気になってよかったよ」

「う、うん」

あ、これは反撃《はんげき》を食《く》らうパターンかな？　この前、レイは私とトラヴィスは恋人《こいびと》同士なのかと聞いてきたんだった。油断は禁物。私は表情をきりりと引き締《し》め、座っていたブランコを漕《こ》ぐ。

するとなぜかレイもブランコを漕ぐ。私と競《きそ》うようにぐんぐんと。そのうちに叫《さけ》ぶ。

「あのねぇ！　言おうかどうか迷ってたんだけどぉ～」

「なぁに！」

「僕、大神官様に親代わりになってもらえるかもしれないみたい～！」

え。びっくりしすぎて、私は足を地面に着く。ずざざざざっと変な音がしてブランコが止まり、おしりが椅子《いす》から落ちた。

「どういうこと……？」

レイのブランコは止まらない。

「ヒューズ家のお父様が僕のことを渡《わた》したくないって言いだしたみたいでぇ～！　対抗《たいこう》できる強力な保護者が必要ですね～ってなって～！　それで、大神官様が名乗り出てくださったって聞いたぁ～！」

そっか。レイの話を聞くと、極《きわ》めて順当な話だった。

保護院に預けられた子どもたちの行き先はあらゆる面を考慮《こうりょ》して判断される。新たに保護者になろうとするのが私みたいな小娘《こむすめ》では、貴族には対抗できない。

まぁ……それは本当に当たり前のことなのだけれど。

「でも、そんな大事なこと、どうしてもっと早く話してくれなかったの？」

「だってぇ～、セレスティアは僕が大神官様のほうをとったらちょっと拗ねるでしょぉ～？」

「……そんなこと……！」

今度、頬を膨らませるのは私の番だった。確かに、あってる。あってるよ、レイ。

でも、レイが幸せになってくれるならそれでいい。大きなお屋敷《やしき》に住んでいるのに寒さに震《ふる》える冬も、自分にだけ何も知らされない心細さも、具のないスープも家族からの疎外《そがい》感も。あなたの中で過ぎたことになってくれるならそれでいい。

私なんかと一緒《いっしょ》にいるよりも、大神官様に保護者になってもらえたら、レイの人生はきっと安泰《あんたい》だ。私はスコールズ子爵《ししゃく》家から抜《ぬ》け出してこんな性格になるまでループ五回分かかってしまったけれど、レイと大神官様の組み合わせならきっとすぐのはず。

その日、私は目が潤《うる》んだのをレイに笑われて、激励《げきれい》されて、保護院を後にした。

レイがヒューズ家との繋《つな》がりを絶てる日はすぐに来る、そう思いながら。

黒竜が住むアルシュ山はルーティニア王国をぐるりと囲む山脈の奥にある。途中《とちゅう》までは鉄道で行けるけれど、その先は馬車での移動になる。そして山のふもとに着いたら徒歩。

つまり、必然的にこういうことになる。

「あーもう足が痛いのよ！　アタシこういうの向いてないって言ってるじゃないの！　なんで黒竜討伐についていかなきゃいけないのよ⁉」

喚《わめ》き散らすバージルに、私は口を尖《とが》らせる。

「だったら、神殿《しんでん》で待っていてもいいのにどうして一緒に来、」

「いやよ！　アンタが心配だもの！」

「……旅先で簡単にできるヘアアレンジやお化粧《けしょう》はバージルに教わったし聖女用のダサくない服も三枚持ってきたから大丈夫《だいじょうぶ》で、」

「違うわよ！　また無茶《むちゃ》をするんじゃないかって心配なのよ！」

「……」

バージルは好きなだけ喚くとずんずんと先に行ってしまった。……いい人。

私が人生をループ中だということはトラヴィス以外知らない。

理由は単純明快。私が好きな人に殺されてきたことが濃厚《のうこう》で、しかもその犯人の一人にエイドリアンが入っているから。

ちなみに、四回目のループではエイドリアンに投げ捨てられて死んだと話したとき、トラヴィスはとても微妙《びみょう》な顔をしていた。私だって、彼が異母妹《いぼまい》に傾倒《けいとう》していたのを見抜《みぬ》けなかった自分が信じられません。

今回黒竜の討伐に向かうメンバーは、王国騎士《きし》団の精鋭《せいえい》と勇者リク・聖女アオイに加えて、私とトラヴィス、バージル、シンディー、エイドリアン、ノア。

表向きは、黒竜の住処《すみか》についたら勇者リクの力に任せることになっている。本当は、隙《すき》を見てリルと一緒に対話に持ち込もうと思ってはいるけれどね。

山道をざくざくと歩いていると、アオイに話しかけられた。

「セレスティア様って本当に神官方に愛されているんですねぇ」

「愛されている……」

って言っていいのかなこれは？

意外と異世界生活を満喫《まんきつ》しているように見えるアオイだけれど、それはカラ元気なようで。早く元の世界に帰りたくて泣いているのを私は知っている。

だから、二回目の人生では私を泥棒猫扱《どろぼうねこあつか》いしたアオイでも、どうしても嫌《きら》いになれない。計算高いのは知っているけれど、普通《ふつう》に仲良くしていた。

「あーあ！　うらやましい！　私も誰《だれ》かに深く愛されたいなぁ」

「アオイ様もたくさんの方に人気がありますよね？」

「えぇ～そんな！　ただ、異世界から来た存在がめずらしいだけです！」

アオイの甲高《かんだか》い声に、周囲が耳をそばだてている気配を感じる。

実際、勇者リクはアオイにデレデレしているし、王国騎士団のメンバーの中にもアオイを気にかけている騎士は多い。休憩《きゅうけい》の度《たび》に違う騎士が誘《さそ》いに来るものだから、リクは不機《ふき》嫌《げん》になり隊の雰囲気《ふんいき》はわりとギスギスしている。

サークルクラッシャー、の意味がちょっとわかってきた気がする。

ちなみに、私の隣《となり》にはトラヴィスがぴったりとくっついているのでリクが粉をかけてくることもない。私にとっては、今回の旅は快適だった。

一方、先日私に敵対意識全開で話しかけてきたノアは、トラヴィスに対してはにこやかに接していた。

「トラヴィス様、お疲《つか》れではないですか。昨夜《ゆうべ》の宿は相部屋でしたから」

「問題ないよ。誰かの気配があるほうが眠《ねむ》れるぐらいだ」

「それはよかったです。何かお困りのことがあったら僕にお申し付けください」

「ありがとう。でも、同じ神官同士でそれはないよ」

アオイとは反対側で繰《く》り広げられる会話が何だか不自然に思えて、私は眉《まゆ》を顰《ひそ》めた。

だって、ノアは普段《ふだん》は神殿にはいなくて、王宮で王妃《おうひ》陛下付きの神官をしている。王妃陛下と言えば、トラヴィスの敵……ではないけれど、あまり良くない関係の人だ。

サシェでのトラヴィスの活躍《かつやく》が隠《かく》されたのもきっと王妃陛下を刺激《しげき》しないためだった。

トラヴィスが王宮ではなく神殿で暮らしているのは、年の離《はな》れた兄が国王だから。国王陛下の長男——王太子殿下《でんか》、は今十五歳。

トラヴィスにそのつもりがなくても、王妃陛下はその存在を脅威《きょうい》に感じているのだろう。

『セレスティア、かんがえごと？』

「ううん、なんでもないの」

『そっかぁ』

「リルはわくわくしているみたいね？」

『うん。ひさしぶりにともだちにあえるからね』

黒竜《こくりゅう》とはそんなに仲が良かったんだ。

しっぽをぶんぶん振《ふ》って私の肩《かた》からぴょんと飛び降りたリル、かわいい。

歩いて山を越《こ》え、黒竜の住む山まで行くのはとても大変なこと。当然、国で張っている結界の範囲《はんい》を外れることになり途中で魔物《まもの》が出始めた。

「前方にスライムの集団を確認《かくにん》」

「よし、火属性の攻撃魔法《こうげきまほう》で焼き尽《つ》くせ！」

騎士団の人たちの掛《か》け声で攻撃が始まり、炎《ほのお》が前方に放たれる。スライムは一瞬《いっしゅん》で焼け、木が生《お》い茂《しげ》っていた森の中は焼け野原になっていく。

「きゃぁ……！」

「アオイ様……！《聖槍《ホーリーランス》》」

逃《のが》したスライムがぽよぽよとアオイのほうに向かっているのを見て、私は聖属性の攻撃魔法を放つ。スライムは一瞬でじゅわっと消えた。

私の肩を抱《だ》いていたトラヴィスの手の力が緩《ゆる》むと同時に、私はそれを振りほどいて周囲を見回す。

「シンディー！　シンディー！　どこ？」

「ここに」

「怪我《けが》はない？」

「もちろんです。セレスティア様こそ」

「ないわ！」

シンディーはエイドリアンとともに私から少し離れた場所に退避《たいひ》していた。よかった。

二回目のループで、シンディーはこの山の中で私たちからはぐれてしまった。あのときは全然仲良くなかったから、こうしてお互《たが》いの安全を確認することもできなくて。

ほかの人生ではシンディーが黒竜討伐《とうばつ》に行くことはなかったと記憶《きおく》している。この辺ではまだ弱い魔物しか遭遇《そうぐう》しないけれど、もう少し進んだら手強《てごわ》い魔物も出てくる。私のせいで彼女が死ぬことがないよう、気を遣《つか》わなきゃ。

そんなことを考えていると、背後で少し意地悪な声がした。

「仲間のことを気遣ってるアピール？」

それはノアだった。身構えた私をものともせず、彼は温度を感じさせない微笑《ほほえ》みを浮《う》かべていた。

「……違《ちが》うわ」

「そんなことよりも……この旅をしていて思ったんだけど、君ってトラヴィス殿下と随分《ずいぶん》仲がいいんだね」

「……いけませんか」

「いや、悪くはないけど。意外だなって。どうして仲良くなったの？」

「……」

なんだか話したくなくて、私は口を噤《つぐ》む。私が知っているノアは、問いかけにほとんど応じてくれることはなかった。

いつもぼんやりとしていて、話しかけても剣呑《けんのん》な視線で避《さ》けられる。会話ができる分ましなのかもしれないけれど、それにしてもこれはないと思う。どうしたものかとため息をつくと、エイドリアンが私の肩を叩《たた》いてくれた。

「セレスティア様、少し休憩にするそうです。向こうでお茶を準備しましょう」

「ありがとう、エイドリアン。私が淹《い》れるわ」

天の助けとばかりに応じると、ノアは不満そうにする。

「あ、待ってよ。もっと話したいのに」

「ごめんなさい」

「え～？」

ノアとは……私側の問題で仲良くなれそうにないみたい。というか、ノアってどうして今回の黒竜討伐についてくることになったのかな。

不思議に思いながら、私は焼け焦《こ》げた地面に手をあてたのだった。


山の中に宿屋はない。だから、この旅では必然的に野営をすることになる。

この野営、別棟《べつむね》に閉じ込められて育ったとはいえ一応お嬢様育《じょうさまそだ》ちの私にはきつい……とはなく、意外と楽しいのだ。

『セレスティア。きょうのごはんはなんだろうね』

「シチューって聞いたわ！　リルにも私の分をわけてあげるね」

『やった！』

基本的に、リルは私の魔力《まりょく》をもぐもぐと食べて生きている。だからご飯はいらないのだけれど、私たちと同じように食事をしたいらしい。かわいい。

辺りは少しずつ暗くなり、ランプの灯《あか》りが頼《たよ》りになり始めている。

森の中に漂《ただよ》う楽しげな話し声と草木の香《かお》りに混じるトマトシチューのおいしそうな匂《にお》い。

お腹《なか》がぐうと鳴る。

《防御結界》

騎士《きし》団の人たちが設営してくれたキャンプに、魔物が寄ってこられないように防御結界《プロテクシヨンバリア》を張った。一時的なものだけれど、これがあれば皆《みんな》安心して眠れる。

「セレスティア様の防御結界はすごいですね」

一人の騎士に話しかけられて、私は首を傾《かし》げた。

「戦いの聖女が張る、普通の結界ですよ……？」

「いいえ。これまで、ほかの魔物討伐に参加したこともありますが、朝までぐっすり眠れる遠征《えんせい》はこれが初《はじ》めてです。魔物を弾くだけではなく近くにも寄せ付けないので、見張りを立てる必要がない。とにかく素晴《すば》らしいです」

いや、それもどうかと思う。何なら私が見張りますけれども。

私を褒《ほ》め殺してくる騎士にどうしようかと思ったけれど、隣《となり》をアオイが通りかかったらそちらにすぐ目を奪《うば》われてついて行ってしまった。さすが異世界の姫《ひめ》、助かる。

そしてそろそろシチューをとりに行こうかな、と思っていた私のところにやってきたのはトラヴィスだった。

「セレスティア、今日は結構魔力を使っていたみたいだけど、疲《つか》れていないか？」

「トラヴィス。大丈夫《だいじょうぶ》よ、大きな力は使っていないし」

「この山の中に入ってから、セレスティアは『豊穣《ほうじょう》の聖女』の力を結構使っているだろう？」

「……気がついていたの」

魔物を倒《たお》す度《たび》に、樹々《きぎ》が燃えて焼け野原ができる。私は、その焼けた地面に手を置いて少しずつ聖属性の魔力を流し込んでいた。

元に戻《もど》すことはさすがにできないけれど、大地に命を与《あた》えて回復を早くすることなら可能だから。魔力が五倍あるし、リルが身体《からだ》の中に溜《た》めてくれているし。

まぁ、今回に限っては『ともだちにあいにいく～』のノリでほとんど溜めていないみたいだけれど。

トラヴィスにずっと気になっていたことを聞いてみる。

「この防御結界もだけど……黒竜は怒《おこ》らないかしら。自分の山にこうしてずかずか入り込んできて、勝手に魔法《まほう》を使いまくって」

「リルは何と？」

「友達だから大丈夫、の一点張りなの」

「あはは。かわいいな」

トラヴィスが声をあげて屈託《くったく》なく笑う。

いつの間にか、私はトラヴィスに敬語を使うことがなくなっていた。彼はそれをつまらなそうにしているけれど、これでいい。むしろこうじゃないと困る。

「友好的に解決したいのに、こんな風にして大丈夫なのかしら」

「黒竜《こくりゅう》が怒ったら戦わざるを得なくなるが……どうかな。少なくとも、フェンリルと黒竜の強さは同じぐらいのはずだ。そのフェンリルを従える規格外の聖女に、異世界から来た勇者。不安要素はない気がするけど？」

そっか。それなら、大丈夫……なのかな。


翌日、結論から言います。

大丈夫じゃなかった。ぜんっぜん、余裕《よゆう》で大丈夫じゃなかったです。

「お前たち、我の山で何をしているんだ。あちこちでドッカンドッカンしやがって」

黒竜って意外と口が悪かった。二回目のループで出会ったときは、いきなり戦いになったから知らなかった。もっとも、エイムズ伯爵《はくしゃく》家のライムちゃんで免疫《めんえき》ができた私はそこまで引くことはありませんけれど！

前日のキャンプを出て、私たちが黒竜の住処《すみか》まで辿《たど》り着いたのがついさっきのこと。

私の肩《かた》から降りたリルが『ごぉー』っと吠《ほ》えると空が暗くなり、稲妻《いなずま》とともに黒竜が現れたのだった。

真っ黒な鱗《うろこ》に、ギラギラと赤く光る眼《め》。私の記憶にあった以上に大きな身体と、自在に動く翼《つばさ》。

『こくりゅう、ひさしぶり！』

「お前……フェンリルか？　どうしたんだ、その格好は」

『いいでしょ？　きにいってる』

「それでも……神の力をもつ神獣《しんじゅう》か、お前は」

構造的になかなか表情を読み取りにくいはずの黒竜がドン引きしているのがわかる。そしてリルの後ろにいる私たちを舐《な》めるように見回した後の、さっきのセリフだった。

アオイは勇者リクの後ろに隠《かく》れてガタガタと震《ふる》えている。ちなみにリクの脚《あし》もガタガタで、頼りないことこの上ない。

王国騎士団は離《はな》れた場所に退避している。ここまでの私たちの消耗《しょうもう》を防ぐための護衛だったのだから当然だった。

とりあえず、リルにお願いしてみる。

「リル、その格好だと話にならなそうだわ。元の大きさに戻って」

『えー。きにいってるんだけどなぁ』

リルはしぶしぶ、ぴょんと飛び上がりぐるんと一回転した。一瞬《いっしゅん》で大きなフェンリルの姿になる。私よりもずっと大きくて『せなかにのる？』って聞いてくれたけれど、今は遠慮《えんりょ》しておく。

すると、こちらを睨《にら》み続けていた黒竜が口を開いた。

「……おまえ、聖女だな」

「はい」

「ニーナはどうした」

ニーナ？

『はじまりのせいじょのなまえだよ。そっか、そういうなまえだったかも。ひさしぶりにおもいだせた』

「ニーナではなくその聖女と一緒《いっしょ》なのはなぜだ、フェンリル」

『ニーナはもうしんじゃったんだよ。ずっとまえにね。あれからずいぶんじかんがたって、ぼくはセレスティアによばれたんだ』

「……人間はすぐに死ぬな」

いつか、エイムズ伯爵家のライムちゃんが言っていたみたいなことを黒竜も言う。外見は怖《こわ》いけれどどこか寂《さび》しそうに見える。

「ここまで……あなたが住む山を荒《あ》らしてきてしまったことは事実です。申し訳ございません」

「ああ、その通りだ」

私の謝罪に黒竜は鼻をふんと鳴らす。足元の草がぶわっと揺《ゆ》れて、私は踏《ふ》ん張った。

「我は確かに腹を立てている。だが、お前を攻撃《こうげき》することはない。安心しろ」

「どうしてですか？」

「自分より強い者を攻撃することはない。当然のことだ」

「え」

「セレスティア、と言ったな。お前は我よりも強い」

わざわざ重ねる黒竜に、私は首を傾げた。え、だって、そんなはず……ない？

二回目のループでここに来たとき、出会った瞬間《しゅんかん》にアオイの前髪《まえがみ》が焦《こ》げて、いろいろ戦って、私は黒竜が最後に放った炎《ほのお》に焼かれて死んだような。勇者リクも一緒だったのに。

……どういうこと？

「あの。黒竜さんが攻撃するのはどんな相手なのですか……？」

「我は賢《かしこ》い。簡単に勝てる相手しか攻撃しない――つまり、ほとんどの生き物は攻撃する」

な、なるほど。

「ただ、人間はしつこいし大量に殺しても後が面倒《めんどう》だ。そこのフェンリルのように幼体化して隠れやり過ごすこともある。人間は、倒したと思わせないと次から次へとやってきてこの山々を燃やすからな」

意外と人道的なところある。でも、つまり。今の話をふまえると、過去のループで黒竜に打ち勝ってきた勇者たちの存在はなに……？

ぽかんとした私の考えを察したように、黒竜はさらに続けた。

「お前たちのような人間は、我を倒したと見せかけて追い返す。そしてまた昼寝《ひるね》をする。それだけのことだ」

「あの。私たちのことも追い返すのでしょうか……？」

『えっ……まえみたいにあそばないの……？』

リルはショックを受けている。ちょっと違《ちが》うけれど、かわいい。それを見た黒竜は、徐《おもむろ》にこうべを垂れた。

――私に向かって。

「強き者には従う、それまでのこと。遊ぼうと言うなら遊んでやってもいいが」

「ええと、持ち帰って検討します」

主に、後ろのほうで震えているリクとアオイに。黒竜とフェンリルとはじまりの聖女の遊びなんて、なんだかものすごそうな予感しかしない。

これならリルが言っていた通り話し合いで穏便《おんびん》に済ませられそう。次に眠《ねむ》るまでずっとこの山にいてください、ってお願いすれば何とかなりそうでほっとする。

「お前は力だけではなく聖女としてもそれなりの資質を持っているようだな」

「聖女としてそれなりの資質、でしょうか」

「ここに辿り着くまでに、お前の供が焼き尽《つ》くした大地に命を与《あた》えている。まぁ、そこは評価してやってもいい。特別に、今我に見えたものを教えてやろう」

黒竜は、私が道中で『豊穣《ほうじょう》の聖女』の力を使ってきたことを知っているのだろう。あらゆるものを見通す力。黒竜の目。さすが、伝説の存在だった。

でも、これだけでは終わらない。


「――聖女。お前の人生はこれで何回目だ？」


ごまかしようのないストレートな質問に、私は息を呑《の》んだ。

……人生をループしていることを言い当てられてしまった。

どうしよう、何と答えよう。ギラギラとした赤い瞳《ひとみ》を前に固まっていると、もう次の問いが来る。

「お前のサイドスキルは極《きわ》めて特殊《とくしゅ》なものだな」

「サ、サイドスキルでしょうか……？」

私のサイドスキル……能力鑑定《かんてい》でトラヴィスには見えなかったものだ。てっきりないのかと思っていたけれど……違うの？

「黒竜《こくりゅう》の目はすべてを見通す。神官には見えなかった聖女の力もな」

黒竜の声は辺り一帯に低くずしんと響《ひび》く。それに反応したのはトラヴィスだった。

「黒竜。彼女のサイドスキルについて教えてほしい。あなたにはどんなものが見えているのか」

「幾重《いくえ》にも積み重なる輪。それの端《はし》が繋《つな》がっている。恐《おそ》らく、死ぬことはなく何度でもループするサイドスキルの持ち主だな」

……え？

どういうこと。どういうこと、どういうこと。

私が十五歳の啓示《けいじ》の儀《ぎ》からループし続けているのは『サイドスキル』によるもの、ってこと……？　あまりに突然《とつぜん》で黒竜の話していることが理解できない。頭には入ってくるのに、受け入れられない。だって、私は。

――好きな人に殺されてループしているんじゃないの？

最初の人生でマーティン様に階段から突《つ》き落とされ、二回目のループで勇者リクに盾《たて》のように押し出され、三回目のループで親しくなった騎士《きし》に倒《たお》れたところを見殺しにされ、四回目のループでは信頼《しんらい》していた神官に投げ捨てられた。

もう全部酷《ひど》くて悲しくて自分の見る目のなさにいらいらもするけれど、とにかく私は好きな人に殺されたはずだった。

顔はぽかんとしているのに、手が震《ふる》えて止まらない。

黒竜はぐるる、と低く唸《うな》ってから続ける。

「強き者。名を、セレスティアと言ったな。お前の始まりは、先見の聖女だ。……死なないサイドスキルを持っていたようだな。それがそのまま受け継《つ》がれている」

「あの……ちなみにそのサイドスキルに、『決まって好きな人に殺される』とかの条件はついていませんか」

「……」

黒竜は、何言ってんだこいつ、という目でこちらを見ている。

でも私も本気です。

「だって、私は好きな人に殺されて十五歳からの人生をループしているのです。サイドスキルのせい、っていうのはわかったけれど、何かそういう条件がないと納得《なつとく》できない」

「セレスティア。今重要なのはそこじゃない。サイドスキルを無効化する方法を考えよう」

トラヴィスの言葉で我に返る。

そっか。それもそうだった。好きな人云々《うんぬん》はどうでもいい。このループが聖女の特別なスキルによるものなら、無効化さえできれば脱却《だつきやく》できるのだ。

何だかバージルたちの間に微妙《びみよう》な空気が漂《ただよ》っている気がする。やめて。同情するのはやめてほしい。

「なんかアンタ、かわいそうね？　そんなに美人なのに。やっぱりダサかったから」

「セレスティアは美人だがダサくない」

バージルもトラヴィスもほっといてほしい。

話を聞いていたリルがくるりと飛んでかわいい幼体の姿になる。

『こくりゅう、サイドスキルをむこうかするのってどうしたらいいんだっけ。なんかいろいろおもいだしてきたきがする』

「……その前に、セレスティアが持っているサイドスキルは不老不死に近いものだぞ。欲《よく》深《ぶか》い人間が欲しがるスキルだ。本当に無効化していいのか」

黒竜からの問いに、唐突《とうとつ》に一度目の人生のことが脳裏《のうり》に蘇《よみがえ》った。

とてつもなく凹《へこ》んだ日。トラヴィスがトキア皇国の星空を見に連れて行ってくれたことがあった。あの想《おも》い出が残っているのは、私の中にだけ。

今回のループだってそうだ。

バージルの田舎《いなか》・ミュコス名産のレモンを使ったレモンティーや、私たちを救ってくれることになったアリーナの手の温《ぬく》もり。リルが肩《かた》に乗ったときの重さと、気軽にお腹《なか》を見せまくるのを皆《みんな》で愛《め》でる柔《やわ》らかな空気。彗星《すいせい》を消す二日前の夜、シーツ越《ご》しに私を撫《な》でてくれたトラヴィスの優《やさ》しい手。

ループしてしまうなら、それも私の心の中だけのものになる。誰《だれ》も知らなくて、誰とも
わかりあうことのない、閉《と》ざされた想い出に。

「不老不死なんていらない。私はこのループをおしまいにしたい」

黒竜の目をまっすぐに見つめ、きっぱり告げる。

「あいわかった。それなら我の鱗《うろこ》をやろう。万能薬《ばんのう》のもとになる。サイドスキルを消すこ
ともできよう。聖女らしい資質を備えた友人のためになら痛くもかゆくもない」

「それで本当にループしてしまう人生は終わるのですか」

「もちろん。フェンリル、鱗を取れ」

待ってましたとばかりに、リルは黒竜の背にぴょんと乗った。

『じゃあとる』

「い、痛い。痛いぞ、フェンリル」

なんかじゃれてる。

そして、リルは黒竜の鱗をカリカリカリカリやっているけれど、全然取れない。

『ぜんぜんとれない』

「うーん。やっぱり、朝一番だな」

リルと黒竜の会話に私は首を傾《かし》げた。

「鱗をいただくのに適した時間帯があるのでしょうか？」

「ああ。朝一番じゃないと鱗は取りにくい。もっとガリガリやれば取れるが、我は痛いのは嫌《いや》だ」

ですよね。

「では、明日の朝また来ます」

「そうしてくれ。我は普段《ふだん》は寝《ね》ないが、人間は眠るだろう。散歩でもして静かにしていてやろう」

「あっ」

言い終えると、黒竜はばさりと翼《つばさ》を広げて飛び去ってしまったのだった。

黒竜がどこかに行ってしまったので、私たちはこの周辺でキャンプを設営することになった。

ここに辿《たど》り着いたのは、夕方近く。そろそろ暗くなりはじめる時間だ。いつも通り、騎士団の方々がテントを張ってくれた後で私が防御《ぼうぎょ》結界を張る。

でもこの黒竜の住処《すみか》周辺に魔物《まもの》はいない。黒竜がとんでもなく強いことを皆《みんな》知っているからなのだろう。

その黒竜に『強き者』って呼ばれる私って一体なんなの。

夕食のメニューは何かな、昨日はトマトシチューだったから今日は炭火で焼いたお肉かもしれない、遠征《えんせい》先で食べるご飯ってなんであんなにおいしいのかな、ステーキならパンも添《そ》えてくれるかな、火であぶったチーズをのせて食べたい。

全然関係ないことで頭をいっぱいにしていく。だって、さっきの出来事がなかなか受け入れられないから。

私は人を好きになってはいけないのだと思っていた。誰かを好きになったら、その人に殺されて十五歳の啓示の儀を受ける日に戻《もど》ってしまう、って。

さっき、私は話しかけてくれたトラヴィスの声が聞こえないふりをして、逃《に》げてきてしまった。だって、私は彼の気持ちを痛いほどに知っている。そして、自分の気持ちもやっと認められたところで。

いつもはトラヴィスが私の隣《となり》に来てかわいいとか好きだとか言うと、私はこの人を好きになってはいけない、と心の中で唱えてきた。

だからこそ赤面するような褒《ほ》め言葉や甘い振《ふ》る舞《ま》いにも、真に受けすぎずわりとうまく立ち回れてきた気がする。

でも今は……。急にトラヴィスのことを好きになってもいいって言われても、これまでとの温度差というものがあると思う。

「急に甘えたりしていいの……？　いやだめでしょう……!?」

『いいとおもうよ』

「リル！　聞いてたの！」

『うん。セレスティアのまりょく、なんかいつもよりあまい』

「！　お願いだから誰にも言わないで！」

その理由が明白すぎて、私は火照《ほて》ってしまった両頰《りょうほお》をごまかすようにぺちぺちと叩《たた》く。

リルと私がいるのは、キャンプの端《はし》っこ。

どんな顔をしてトラヴィスに接すればいいのか、今さらすぎてわからない。


いつも通りキャンプは設営されて、楽しい会話と賑《にぎ》やかで温かい夕食の時間が持たれる。

たき火を囲みながらアオイがしみじみと言う。

「私、日本に帰れるのが何よりもうれしいです。ここも楽しかったけれど、やっぱり家族や恋人《こいびと》にも会いたいもの」

「そうですよね……」

って、え、恋人。相槌《あいづち》を打ちかけた私は固まる。

そうっと勇者リクを見ると、蒼《あお》ざめた顔をしている。

「アオイ……日本に帰ったらデートしようって話は」

「はい、もちろん」

ふわりと微笑《ほほえ》むアオイに微妙な空気が漂う。

ちなみに、騎士《きし》団のほうからもざわざわと異様な雰囲気《ふんいき》が伝わってくる。

私も驚《おどろ》いているけれど、一番ショックを受けたであろうリクが顔を引き攣《つ》らせて聞く。

「いや……無理だろ……？　アオイには彼氏がいるんだろう？」

「え……？　彼氏がいたらお友達とデートするのはだめなの……？」

「と、友達」

勇者リクとアオイの会話に笑いをぐっとこらえると、リルがきょとんと首を傾げた。

『リク、かわいそうだね？』

「言っちゃだめよ」

サークルクラッシャーの意味を理解しつつあった私は、二回目のループで二人の間に起きたことを察しはじめていた。

きっと、私が死んだ後、異世界に戻ったリクはアオイに振られたのだろう。

あの時、死ぬ直前に泥棒猫《どろぼうねこ》と呼ばれたのはとても癪《しゃく》だったけれど、その元凶《げんきょう》となった勇者リクはもっと腹立たしかった。よかった、報《むく》いを受けていたみたいで。

ちなみに、サイドスキルを無効化できれば人を好きになっても大丈夫《だいじょうぶ》らしい、と知った私の隣にトラヴィスはいない。さっき声をかけられて逃げた私の気持ちを察したのかもしれなかった。

弁解がしたいけれど、何と言えばいいのかわからなくて。

そうして、賑やかな夜は更《ふ》けていった。

野営は好き。

テントの中で聞く、葉の擦《す》れる音はちょうどいい子守歌《こもりうた》になる。外にあるランプの明るさの気配もいい。目を閉じるとリラックスして眠《ねむ》れる。

……はずなのだけれど。

「眠れない……」

『セレスティア、どこいくの？　ぼくもいく』

「ちょっと外の空気でも吸おうかなって」

サイドスキルとトラヴィスのことで頭がいっぱいになった私は、どうしても寝付《ねつ》けなくて。隣で毛布にくるまりすうすうと寝息《ねいき》を立てるシンディーを起こさないように、リルを連れてそっとテントを出た。

土と葉っぱのいい匂《にお》いを胸いっぱいに吸い込んで、空を見上げる。

樹々《きぎ》の隙間《すきま》から覗《のぞ》く夜空は砂金をちりばめたみたいに明るい。きれい。

「星空観賞？」

……せっかく気分がすっきりしそうだったのに。

声の主に、私はあからさまに顔を顰《しか》めた。

「ノア……さん。何か御用《ごよう》ですか。あいにく、誰《だれ》とも話す気はないのです」

『ないのです』

リルはいつものんびりとした表情ではなく、きりりとしている。

めずらしく警戒《けいかい》しているような様子だ。

そんなことを気にしているうちに、ノアは私のほうへと一歩ずつ近づいてくる。

「君さ、人生をループし続けているんだって？　さっき知って驚いたよ」

「……」

話したくないって言ったのにな。空気を読まずにずかずかと私の領域に入り込んでくるノアとは、本当に仲良くなれそうにない。

「ひとつ、お願いがあるんだけど」

「なんですか」

「また、ループしてくれない？」

え？　予想外過ぎるノアからのお願いに、私はぽかんと口を開けた。

ループして、って。それってつまり……私に死んでほしいってこと……！

困惑《こんわく》と驚愕《きょうがく》の感情が同時に押し寄せて全然動けない私に、ノアはさくさくと続ける。

「いいじゃん、ちょっと死ぬぐらい。だって死んでも十五歳からやり直せるんでしょ？

この旅で思ったんだけど、君とトラヴィス殿下《でんか》って相当仲がいいよね。トラヴィス殿下がトキア皇国に戻らずこの国に居続ける理由って君なんじゃない？」

「……まるで、トラヴィスがこの国にいるのが気に入らないみたいな言い方ですね」

「うん。だって、面倒《めんどう》だもん」

あっけらかんとしたノアの口調は、この前私に実家が経営するデパートを自慢《じまん》したときと全然変わらなくて、なんだか背筋が寒くなる。

悪びれる風もなく、素《す》でひどいことを言いまくるノアを見ながら、私は思い出していた。

そういえばトラヴィスって複雑な立場の人なんだった、って。

王族なのに王宮とは距離《きょり》を置き神官として振る舞っていることや、彗星《すいせい》が降ってきたときに手柄《てがら》がまったく報告されなかったこと。トキア皇国での人質《ひとじち》としての期間が終わってもルーティニア王国に戻らなかったこと。

ノアは、普段《ふだん》王宮で王妃《おうひ》陛下付きの神官をしている。……ということは。

その結論に辿《たど》り着いた私は、彼を睨《にら》みつけた。

「……ノアさんがこの黒竜討伐《こくりゅうとうばつ》のメンバーに加わったのがとても不思議だったんです。でも、その理由がわかりました。もしかして、黒竜討伐のどさくさに紛《まぎ》れて、トラヴィスのことを消すつもりだったんじゃないですか……」

だって、普通《ふつう》に考えれば黒竜との戦いは相当苦戦するはずだった。トラヴィスの存在を目の上のたんこぶみたいに思っている王妃陛下が手を回していてもおかしくない。

もしそうだとしたら絶対に許せない。こぶしをぎゅっと握《にぎ》った私を見て、ノアはへらっと笑ってから話題を変える。

「あの、保護院にいる子……レイ君、だっけ」

「レイのことは……今は関係ありません」

「え～？　大神官様が養子をとるなんて前代未聞《ぜんだいみもん》でしょ？　大神官様は神に仕え、国王陛下にも匹敵《ひってき》する権力をお持ちの方だ。王宮ではまだ話題になってないけど、絶対にこれから大きな波紋《はもん》を呼ぶよ」

「！」

「国王陛下が賛成しても王妃陛下が反対したらどうなるかな？　大神官様だって無駄《むだ》な摩擦《まさつ》は嫌《いや》だろう。レイ君を養子にすることを躊躇《ためら》うかもしれないね。そうしたら、レイ君はサシェの町のヒューズ家に出戻《でもど》りだ。前よりひどい目に遭《あ》うかも」

どうしてこんなにひどいことが言えるんだろう。

この旅に出発する前、私を激励《げきれい》して見送ってくれたレイの笑顔《えがお》が脳裏《のうり》に浮《う》かぶ。

ブランコを高く漕《こ》ぎながらちょっと恥《は》ずかしそうに、でもすごくうれしそうに大神官様の養子になれるかもしれないと報告してくれたレイの顔が。

――大切なものへの侮辱《ぶじょく》は、何よりも悲しい。

私は怒《いか》りをこらえて口を開いた。

「レイの未来は私たちが弄《もてあそ》んでいいものではありません。それに、大神官様もそんなものには屈《くっ》しません」

「そう。……君の答えはそれなんだ」

ノアがそう呟《つぶや》いた瞬間《しゅんかん》、彼から光が放たれる。

それは攻撃魔法《こうげきまほう》ではなくて神力による攻撃だった。構造はいろいろ違《ちが》うものの、彼が私を攻撃したという事実には変わりない。

この攻撃をはね返すのは簡単。けれど、たぶんノアは怪我《けが》をする。

いやこの人は全然罰《ばっ》せられていいはずの人なんだけど……でも。

一瞬《いっしゅん》ためらった私の顔のすぐ横、背後から手がすっと伸《の》びた。

その手から、ノアが発したのとは倍の神力が放たれる。二つの神力はぶつかり合って、一瞬でノアに跳《は》ね返っていく。

「うわぁぁあああ！」

それは本人を直撃《ちょくげき》して、ノアごと木に叩《たた》きつけられる。

どしん、という衝撃《しょうげき》にノアがそれなりのダメージを負ったのがわかった。

そして、私を助けてくれたこの神力の持ち主も。

「……トラヴィス」

「間に入るのが遅《おそ》くなって悪い。少し前から見守ってたんだが、どうしても彼の手の内を全部見ておきたかった。でもこういうときは躊躇わずに聖女の力を使うべきだ」

「ごめんなさい」

真剣《しんけん》な瞳《ひとみ》をしたトラヴィスが言うことはもっともで。

私はしゅんとしながら『ぼくがはねかえすつもりだったよ?』と囁《ささや》いてくるリルの身体《からだ》を撫《な》でた。

ノアと私の間にトラヴィスが立ちはだかる。

そして、ぶつかった木の根元でうずくまるノアに問いかけた。

「ノア。話は聞いていた。弁解があれば言え」

「ト……トラヴィス殿下。やだなあ。今のは冗談《じょうだん》ですよ?」

「いいや、違う。セレスティアに死ねって言ったな」

そ、そっち!

てっきり、レイの未来をおもちゃにしようとしたことに怒《おこ》っているのだと思っていた私は気が抜《ぬ》けた。

少し冷静になって、ノアに向き直る。

「私がループするというサイドスキルを持っているから、殺してもいいと思ったんですね。あなたとしてはそんなに罪悪感はないし、私がいなくなればトラヴィスはトキア皇国に戻《もど》るし、でちょうどいいと」

「別に、王妃陛下の命令とかじゃ……ないから……これは僕の独断」

「どうしてそこまで」

王宮に出向して王妃陛下に感銘《かんめい》を受けたのが始まりだとしても、ここまでの忠誠心はちょっと不思議すぎる。トラヴィスも同じことを思ったようだった。

「そこまでして何がほしい？　……金か」

まさかそんな。……と思ったけれど、ノアは反論しなかった。

それは肯定《こうてい》にしか見えなくて。トラヴィスはそのまま続ける。

「ベネット商会の経営状況《じょうきょう》が思わしくないという噂《うわさ》は聞いている。あちこちで華《はな》やかな事業を展開しているが、その実情は火の車だと」

「さっすがトラヴィス殿下。なんでもご存じですね？」

ノアはぐらかすように笑っている。

「王妃陛下がベネット商会への支援《しえん》をちらつかせているといったところか」

「僕は答えません。これは独断ですから」

ノアとトラヴィスの会話を聞いていて、何となくわかった。

きっと、ノアの実家には王妃陛下から秘密裏《ひみつり》に多額の支援金が渡《わた》ることになっているのだろう。だから、ノアは絶対に口を割らない。

実際に私は、三回目のループで実家が破産し行き場を失ったノアを見た。この推測は当たっている気がして、トラヴィスに囁く。

「ノアを大神官様に突《つ》き出しても無駄になりそうだわ。だって、彼はあくまで独断でやったことだと言い張っているんだもの」

「ああ。全部俺たちの憶測《おくそく》にすぎない。とりあえずここを離《はな》れよう。あとは大神官様の指示を仰《あお》ぐ」

「ええ。私もそれがいいと思う。でも、一言だけ言わせて」

この場を離れようとしていた私はくるりと振《ふ》り返ると、木の幹に寄りかかって座り込んだままのノアに叫《さけ》ぶ。

「さっき、ノアはちょっと死んでやり直すだけ、って言ったでしょう？　このループの一番辛《つら》いところはね、あなたなんか助けなきゃよかった、って心の底から思えないところよ！」

「僕を助けなきゃよかった……って、なにそれ……？」

「私の人生がループ五回目だってことを考えればわかるんじゃないかしら？」

暗に、どこかのループで不幸になったノアを見たことを伝えると、彼の顔は強張《こわば》った。

ボタンの掛《か》け違いで人と人との関係は変わる。ほんの少しの変化で、自分だけじゃなく誰《だれ》かの未来も変わる。

たぶんノアと私は仲良くなれない。こうしてわざと彼の心に傷を残したくなるぐらいに。

けれど、少しでも彼に私の言葉が届けばいい。他人を傷つけることの意味を知ればいい。

そう思った。

翌朝、ノアはいなかった。

昨夜《ゆうべ》ノアが寄りかかっていた木を眺《なが》めてトラヴィスが言う。

「一人で帰ったのか。本当なら、いくら神官でも魔物《まもの》だらけのこの山を一人で帰るのは厳しいんだけど……ノアだからな」

「うん。ノアは神力が強い神官だと聞いているもの。一人でも帰れる気がする」

「……ノアは王妃《おうひ》陛下から引き離して神殿《しんでん》に置くべきだな。すぐに手を回す」

「そんなことをしてトラヴィスは大丈夫《だいじょうぶ》なの？　王宮とはかなり距離《きょり》を置いているのだと思っていたのだけど」

トラヴィスとこの話題について話すのは初めてのことだった。私には踏《ふ》み込めない、彼の領域。緊張《きんちょう》した私の声色《こわいろ》を気にもかけず、トラヴィスはさらりと言う。

「大丈夫だよ」

「そ……そうなの」

トラヴィスに想《おも》いを伝えてもいいと知ってしまった私の声は、なぜか震《ふる》えてしまう。

そういえば、この旅に出てからは彼と二人きりになることがほとんどなかった、と唐突《とうとつ》に思い出す。え、これ。まるで、二人になりたかったみたいじゃない？　違うそうじゃない……けれど、もうそうでもいいんだった！

一度意識しだすとドキドキして息が苦しい気がする。あれ、どうしよう。ほんと無理。

「ねえ。セレスティア――」

とん、と私の手に彼が触《ふ》れたと思った瞬間、空からものすごい風が吹《ふ》いてきて雷鳴《らいめい》が轟《とどろ》く。

その後、グルルルルル、と低い声が辺り一帯に響《ひび》いた。

なにかと思ったら黒竜《こくりゅう》だった。散歩から戻ったらしい。

『セレスティア！　こくりゅうがもどってきた！』

少し離れた場所で皆《みんな》と遊んでいたリルが呼びに来てくれた。

「今行く！」

『うん。……あれ、セレスティア、かおがあかい？』

「そ、そんなことない」

慌《あわ》てて否定した私の隣《となり》から、くすくす笑うトラヴィスの声が聞こえる。

「リルはなんて？」

「し、知らない！」

とりあえず、サイドスキルの無効化をしてから考えよう。問題を棚上《たなあ》げにした私は、皆が集まる黒竜のもとへと駆《か》けだしたのだった。

「フェンリル、我の鱗《うろこ》を取るがいい」

『わかった！』

リルがぴょんと飛んで黒竜の背に乗り、前足でカリカリすると鱗が落ちた。

私は慌ててそれをキャッチする。光沢《こうたく》のある黒い鱗が私の手の中で朝日に光る。

「すごい……！　ありがとうございます」

「強き者のためなら、これぐらい造作もない」

私がお礼を告げると、黒竜は満足げに続けた。

「ちなみに、薬ができたら向こうの聖女にも飲ませるといいぞ。あっちの世界に戻っても、トラブルを起こすことがなくなる」

なるほど。サークルクラッシャー、もサイドスキルだった。

アオイに視線を送ると、彼女はきょとんと首を傾《かし》げて不思議そうにしている。皆《みんな》楽しそうだし、別にこのままでもいい気がするのだけれど、きっとそれはまた別の話。

私は、あらためて黒竜にお願いをする。

「黒竜さん。人間が住む場所には結界が張ってあります。あなたなら簡単に破れてしまうものですが、決して破って町や村を焼くことはしないでください。お願いです」

「おかしいな。そんなことをした覚えはないのだが」

え。黒竜の返答に、私は目が点になった。そんなはずは……だって、人間は黒竜の存在をものすごく怖《こわ》がっている。歴史的な記録には残っていないけれど、焼け野原になった町や村があると言い伝えられているのだ。

『セレスティア、こくりゅう、いいやつだから』

「ごめんね、リル。でも……」

「もしかしてあれかもしれないな。数百年前に目覚めたとき、我は散歩先であくびをしたのだ。すると、村がひとつ燃えてしまった」

「……」

皆が呆気《あっけ》にとられているのがわかる。

いや、それです。絶対にそれ！

「あの……人間は、あなた様が思っているよりもずっと弱い生き物です。あなたのあくびひとつでも、町や村が消えて死んでしまうことがあります」

おずおずと説明する私に、黒竜は合点《がてん》がいった様子だった。

「あいわかった。次に昼寝《ひるね》に入るまで、人間の町には近づかないようにしよう。それに、人間は面倒《めんどう》だからな」

「人間の偉《えら》い人にも黒竜の住処《すみか》には近づくな、山を荒《あ》らすなとお話ししておきます」

「頼《たの》むぞ、強き者よ。我が起きている間にまた遊びに来るといい」

私の言葉に、黒竜は微笑《ほほえ》んでくれた。表情がわかりにくいけれど、たぶん。

『こくりゅう、またあそぼうね』

最後にリルが寂《さみ》しげに呟《つぶや》いて、二人は別れを惜《お》しむ。

とりあえず、こうして私たちの黒竜討伐《とうばつ》の旅は終わったのだった。


黒竜討伐から数週間後。私は王宮の大広間にいた。

煌《きら》めく豪華《ごうか》なシャンデリアに、管弦楽団《かんげんがくだん》の演奏と賑《にぎ》やかで上品な笑い声。この人生で王宮に足を踏み入れるのは初めてのことで、ドキドキする。

ちなみに過去のループも含《ふく》めると、最初の人生ではマーティン様に婚約破棄《こんやくはき》を告げられ、四回目のループではエイドリアンにバルコニーから投げ捨てられた場所。

いつもながらひどくない？　けれど、今だけはそのことを忘れたいと思う。今日は、異世界から来た勇者リクと聖女アオイを見送るためのパーティーなのだから。

パーティーの主役二人は中央で国王陛下と大神官様に挟《はさ》まれている。

隣には正装をしたトラヴィスの姿が見えた。わかってはいたけれど、彼が遠い存在なのだということを再認識《さいにんしき》して少しだけ心が重くなる。

「セ、セレスティアお姉さま！　招待状はお持ちでしょうか？　いくらなんでも、王宮での夜会に勝手に潜《もぐ》り込んではいけませんわ」

振《ふ》り向くと、マーティン様を従えた異母妹《いぼまい》のクリスティーナがいた。

聖女として神殿に務め始めてから、私はスコールズ子爵《ししゃく》家に戻《もど》っていない。けれど、実家の事情を把握《はあく》していないわけではなかった。

「お久しぶりです、クリスティーナ。お父様のお身体《からだ》はいかがでしょうか？」

「げっ……元気よ。もうすぐ良くなって、領地でのお仕事にも復帰するんだから！」

「それは良かったですが……。クリスティーナも今日はマーティン様に連れてきていただいたのですよね？」

さりげなくつついてみると、異母妹の顔がぎくり、と強張《こわば》ったのが見えた。

だよね。ちなみに、マーティン様はクリスティーナの後ろでおろおろとうろたえている。

なぜなら、この夜会の招待状はスコールズ子爵家に出されていないからだ。

彗星到来時《すいせいとうらい》のお父様の非人道的な振る舞《ま》いは、大神官様を通じて国に報告された。お父様は国王陛下から正式な形での質問状を受け取って寝込《ねこ》んでしまったらしい。

この夜会は盛大だけれど、その招待状は碌《ろく》に仕事ができない当主を持つ子爵家には届かない。いつのまにか、スコールズ子爵家に社交界での居場所はなくなりつつある。

今私の目の前にいるクリスティーナとマーティン様の婚約《こんやく》は一度は破談になった。けれど、双方《そうほう》評判が最悪すぎて縁談《えんだん》の受け手がいなかった。マーティン様がスコールズ子爵家に婿《むこ》として入ることを条件に二人は婚約しなおしたらしい。

割れ鍋《なべ》に綴《と》じ蓋《ぶた》、本当によかった。

「私はマーティン様の婚約者だもの。彼のエスコートで夜会に出席して何が悪いのよ！　あー、セレスティアお姉さまはおかわいそうね。婚約者もいらっしゃらないから、同僚《どうりょう》の神官にエスコートを頼まないといけないなんて。……行きましょう、マーティン様」

マーティン様を引きずりながら去っていくクリスティーナの背中を見送りながら、バージルがルックスに似合わない野太い声でぼやいた。

「アンタの妹ってほんとひん曲がってるわね～。ここが神殿《しんでん》じゃないからマウント取りに来たのよね、アレ⁉　……とりあえずあのルックスで性格悪すぎだわ」

「まぁそうですが……私も言い返したし、もういいのです」

「アンタって本当に……根がお嬢様《じょうさま》よね？　ぎゃふんって言わせたいとかないわけ⁉」

「一度しましたし」

そんなに何回も見たら飽《あ》きますし。

今日、私の隣《となり》にはおしゃれをしたバージルがいる。

流れるようなブロンドをひとつに結び、正装をしたバージルは本当にスマートで。

けれど、王宮での夜会にお呼ばれしたことを知ったとき、私はなんとなくトラヴィスがエスコートしてくれるような気がしていた。

でも、今日のトラヴィスはきちんと王族の顔をして求められた役割を果たしている。

この会場にいる人でも、わけありの存在である彼の顔を知らない貴族は少なくなかった。「あれは誰《だれ》なのか」「王弟のトラヴィス様だ」「ご結婚《けっこん》は」そんな会話があちこちから聞こえてくる。

ちなみに私の脚《あし》はがくがく震《ふる》えています。だって、お茶会でさえ無理だったのに夜会って！

せめて壁《かべ》の花になりたくて端《はし》っこに行こうと思ったのに、バージルが許してくれない。

「アンタ、今また端っこに向かおうとしてたわね⁉」

「ご、ごめんなさい、でも私、過去の人生では大体壁の花になってやり過ごしていたんです」

壁の花希望の私の手を、バージルはがっしり摑《つか》んで離《はな》さない。

周囲からは、あら初々《ういうい》しいカップルね、なんて微笑ましい視線を感じるけど違《ちが》いますから！

「アンタはねえ。もっと自信を持たなきゃだめよ！　今日のドレスだってよく似合ってるわよ。なんたってアタシが選んだのよ⁉　もっと見せびらかしてほしいわ」

「バージル……」

今日、私が着ているのはレモンイエローの華《はな》やかなドレスだった。

偶然《ぐうぜん》にも、毎回ループした瞬間《しゅんかん》に着ているドレスと同じ色だったことに笑ってしまう。

でも、これは私のためのドレス。クリスティーナ好みのフリルたっぷりなお姫様《ひめさま》ドレスじゃなく、バージルとトラヴィスが選んでくれた上品でちょっと大人っぽいデザインのもの。髪《かみ》はバージルがアップにしてくれて、キラキラの髪飾《かみかざ》りをつけてくれた。

脚はがくがく震えているけれど、それなりに整った外見になっている気がする。

啓示《けいじ》の儀《ぎ》を迎《むか》える前の私が見たら、きっとうれしすぎて言葉を失うと思う。

……でもやっぱり帰りたいかな、うん。

私が壁との同化を諦《あきら》めると、やっとバージルは手を離してくれた。

「そういえば、黒竜《こくりゅう》の鱗《うろこ》を使った万能薬《ばんのう》ってまだできないのよね？　アンタも不安よね、面倒なサイドスキルなんてちゃちゃっと消してしまいたいでしょうに」

「でも、明日の勇者送還《そうかん》には間に合うと聞きました」

私のサイドスキルを無効化する万能薬は完成間近という話だった。

明日は日食。お昼ぴったりにリクとアオイは自然と異世界へと呼び戻される。『サークルクラッシャー』というサイドスキルを持つアオイの送還に間に合うように、万能薬の生成は急ピッチで進んでいるらしい。

もしかしたら、そろそろできたころかもしれない。……そんなことを思っていると。

「セレスティアを借りてもいいかな？」

「……トラヴィス」

目の前に、さっきまで私の手が届かない場所で輪の中心にいた人がいる。

え。お仕事は。国王陛下と大神官様と高貴な方々は。

「もちろんよ、はい、どーぞ」

「いたっ」

困惑《こんわく》する私の背中をバージルがバシンと叩《たた》く。そしてトラヴィスのほうに押し出されたのだった。

「ねえ、あれって……！　嘘《うそ》でしょう……！」

遠くのほうでクリスティーナの悲鳴が聞こえる。

周囲のざわざわとした雑音を気にも留めず、トラヴィスは私をバルコニーまでエスコートするとカーテンを閉じて呟く。

「やっと二人になれた」

「！」

ドキドキして死にそうになるからそういうこと言わないで！

……と思ったけれど、トラヴィスは私の様子にはお構いなしで、内ポケットから小瓶《こびん》を取り出した。

バルコニーからは王宮の庭園が見える。背後のカーテン越《ご》しに夜会の賑《にぎ》やかな気配は感じられるけれど、ここには私とトラヴィスの二人きり。

月はなくて遠くの城下町の灯《あか》りの上に星空が広がる。

そういえば最初の人生、私がとんでもなく凹《へこ》んだ日の夜。トラヴィスと二人で、トキア皇国の大神殿《だいしんでん》からこんな景色を見たなぁと思う。

「これ、さっき完成した薬」

バルコニーの灯りで小瓶の中の液体がなめらかに揺《ゆ》れるのが見えた。

「これは……万能薬？」

「そう、聖女のサイドスキルを消すエリクサーだって」

トラヴィスはぽん、と音をさせてガラスの蓋《ふた》を外す。そして小瓶を私に渡《わた》してくれてから言った。

「先に、能力鑑定《かんてい》をさせてほしい」

「ええ」

本当にサイドスキルが消えたかどうかは薬を飲む前と後で能力鑑定をしてみないとわからない。私がトラヴィスに能力を見てもらったのは啓示の儀の後の一度きり。

そのときはサイドスキルの有無《うむ》はわからなかったから、今鑑定してもらうしかなかった。

小瓶を持っていないほうの手のひらをトラヴィスが握《にぎ》る。それからすぐに身体《からだ》がぽかぽかと温かくなる。

「うん。確かにサイドスキルがある。これは人生をループするものだ」

「そっか、やっぱり」

「じゃあ、その薬を飲んで」

「わかった」

こういうときは事務的に無感情で従うのがいいと思う。少し前に、トラヴィスが私の能力鑑定をするのを嫌《いや》がったことを思えばそれ以外の答えはない。

彼に促《うなが》されるまま私は小瓶に口をつけた。トラヴィスの顔は見ずにごくごくと飲む。苦いかと思ったけれど、まるで水のように無味だった。

「薬、全部飲んだわ」

「何か違和感《いわかん》はある？」

「……全然。本当に効果があるのかしら」

「じゃあ手を貸して」

流れ作業のようにしてトラヴィスはもう一度私の手を包んだ。指先が白く光って、手のひら、腕《うで》、と神力を感じる。私の身体はまたぽかぽかと温まっていく。

能力鑑定ができる神官はこの世界の一握《ひとにぎ》りだけ。ルーティニア王国の神殿ではトラヴィスただ一人。私の鑑定をしてくれるのが彼でよかった。なんとなくそう思う。

それにしても、さっきよりも時間がかかっている気がする。もうとっくにサイドスキルの有無は確認《かくにん》できたはずなのに。

気になって顔を上げると、私の目の前のトラヴィスの頰《ほお》が少しだけ赤くなっていた。久しぶりに視線がぶつかる。……あれ。彼は、いつから私のことを見つめていたんだろう。ちょっとだけこちらを窺《うかが》うような瞳《ひとみ》。それは星いっぱいに埋《う》め尽《つ》くされたこの夜空みたい。深い深い青い煌《きら》めきの中に、私はいる。

「サイドスキルは……消えたの？」

恐《おそ》る恐る問いかけると、トラヴィスは何も言わずに頷《うなず》いた。

――そして。

「俺は、セレスティアが好きだ」

なんとなく予想していた言葉を告げられて、私は身体を硬《かた》くした。

「……知ってる」

「本当に？」

「……いちいち教えてくれなくても伝わるぐらいには知っています」

サイドスキルは消えた。だからもう好きだと言えるのに、私の口をついて出る言葉はかわいくないものばかりで。

だって、ずっと好きにならないように自分の気持ちにブレーキをかけていたのだ。急に真逆のことをしようとしても、ただ頰が熱を持つばかりで何もできない。

トラヴィスは私の手から空の小瓶を受け取ると、ジャケットの内ポケットにしまった。

そして、涼《すず》しい顔をして余裕《よゆう》たっぷりに笑う。

「敬語」

「あ」

しまった。最近は失敗していなかったのに。

「いい口実になるな」

トラヴィスがそう呟《つぶや》いたと思ったら、私は彼の腕の中に抱《だ》きすくめられた。

これまで、近づく度《たび》に感じていた彼の匂《にお》いにつつまれる。

サシェの町ではシーツ越しだったけれど、今日は何もなくて、恥《は》ずかしくて顔が上げられない。

「あの、恥ずかしくて死にそうだから少し離《はな》れて……！」

「無理、かわいい」

トラヴィスの声がいつにもまして甘い。でも私だって本当に無理！　少し離れようと彼の胸を手で押してみたけれど、腕の力が強くてびくともしない。

けれど、あまりにももがいてトラヴィスに気持ちを誤解されるのも嫌で。数秒悩《なや》んだのち、私はそのポジションに大人しく収まることにした。

すると、彼は耳元で囁《ささや》くように告げてくる。

「セレスティアの気持ちはわかるよ。ずっと死にたくないと思って来たんだよね。急に誰《だれ》かを好きになっていいって言われたら戸惑《とまど》うのは仕方がない」

「それなら」

お願いだから腕の力を緩《ゆる》めて、と続けようとしたところでさらに甘い言葉が降ってくる。

「でも、俺もセレスティアじゃないとダメなのはわかって」

「……知っています」

私の返答に、トラヴィスが息を呑《の》んだ気配がする。

「敬語」

「……わざとです」

敬語ルールに勇気を借りて顔を上げると、少し照れくさそうなトラヴィスがいた。この、恐ろしいほどに整った彼の顔に余裕の色が見えないのは久しぶりのことのような気がする。

そう思ったら、おとがいに手を添《そ》えられて、愛《いと》おしさになぜか涙《なみだ》が溢《あふ》れた。

そのまま私たちの唇《くちびる》は重なった。

華《はな》やかなパーティーの気配が嘘みたいに、このバルコニーには私たちだけ。

エピローグ

それから数か月。

私とトラヴィスは二人で休暇《きゅうか》をとり、トキア皇国へと来ていた。

「おいしい！　本場の味……なつかしい！」

広場の屋台でグルナサンドを口いっぱいに頬張《ほおば》る私を見て、トラヴィスが笑っている。

「なつかしい、って変な感じだな。一度目の人生での味か」

「そうよ。こればかり食べていたの」

「今もだけどな」

そう言うと、トラヴィスは私の口の端《はし》についたベリーソースを指で拭《ぬぐ》ってくれる。

そのまま舐《な》めようとするので、私は「待って……！」と声をあげハンカチを差し出した。

恥ずかしいので本当にやめてほしい。ついでに、私の反応を楽しむのもやめてほしい。

『セレスティア、かおがあかい？』

「赤くない」

口を引き結んで肩《かた》の上のリルを睨《にら》むと『ごめんね』と言ってしっぽを振《ふ》ってくれた。かわいい。フェンリルって嘘《うそ》だよね？

トキア皇国の皇都にあるこの広場で、二人で昼食をとるのはかなり楽しい。

ちょうど休日の今日はたくさんの人々で賑《にぎ》わっている。屋台に並ぶ男性、大道芸人に夢中になる子どもたち、道端《みちばた》で話す人々の笑い声。

それを眺《なが》めながら噴水《ふんすい》の端に腰《こし》かけて、幸せを噛《か》みしめる。

「レイも一緒《いっしょ》に来られたらよかったのだけれど」

「友達の家でパジャマパーティーがあるから行けない、って断られたんだったか？」

「ええ。トラヴィスと一緒に旅行に行こうって言うまでは、予定は空いているって言っていたのに」

若干《じゃっかん》、気を遣《つか》われた気がしないでもない。でもそこには気づかないでおく。

レイは、無事大神官様の養子になった。大神官様が後ろ盾《だて》になってくださったおかげで家に連れ戻《もど》されることもなく、神殿近くの大神官様のお屋敷《やしき》で楽しく暮らしているみたい。

ちなみに、黒竜討伐《こくりゅうとうばつ》時に悪いことをしたノアは神殿の特別な部屋に半軟禁《はんなんきん》状態になっている。本当は重罪に問われるところだったのだけれど、それは私が止めた。

彼は私がループしたせいで不幸にしてしまった人だから。

最近は、王妃陛下《おうひ》から離れたことで状況《じょうきょう》を冷静に見られるようになってきたらしい。でもしばらくは部屋から出られないみたい。もう少し反省するといいと思う。

いつか謝罪があれば聞いてもいいけれど、ノアの実家のデパートには絶対に行かない、これだけはバージルとともに固く誓《ちか》った。

「この後はトキア皇国の大神殿《だいしんでん》か。あそこはすごいんだ。ルーティニア王国の神殿の何倍も聖女と神官がいて、めずらしい能力の持ち主もたくさんいる」

「楽しみ」

ふふふ、と笑うとトラヴィスは「まぁ、その中に入ってもセレスティアは規格外すぎるな」と呟いた。

この後は大神殿に行って夜を待ち、星空を見る予定だった。

「正直、サシェの町でさんざん見たしもう星はいい気がする、俺は」

「そうかもしれないけれど……実は、トキア皇国の大神殿からの星空は最初の人生でもトラヴィスと見たの。それでどうしても確かめたいことがあって」

トラヴィスの想《おも》いを知るうちに、私はあの大神殿からの星空が見たくなっていた。

最初の人生で出会った彼は、どんな気持ちで私をあの場所へ案内してくれたのだろう。

あの景色を見たら、その答えがわかる気がして。

まるで私の考えを読んだかのようにトラヴィスは微笑《ほほえ》む。

「ああ、それでか」

「？」

「これは告げるべきではないと思ったんだが……初めに能力鑑定《かんてい》をしたとき、セレスティアの聖属性魔力《まりょく》に混ざってトキア皇国の大神殿の星空が見えたんだ」

「それって……」

「たぶん、俺も二人と同じものを見た。セレスティアが人生をループしたことに……俺も感謝したいな」

「？」

首を傾《かし》げた私にトラヴィスがふっと微笑む気配が届く。

なんとなく意味がわかって、目頭《めがしら》が熱くなって視界が滲《にじ》んだ。

「――最初の俺も、きっと君が好きだった」

そのとき私の隣《となり》にいた彼が呑み込んだのであろう言葉に、涙をこらえて空を見上げる。

今日は雲ひとつなくて、気持ちがいい。

きっと、今夜の星はあの時みたいに綺麗《きれい》に見える気がした。

あとがき

こんにちは、一分咲《いちぶさき》と申します。

この度《たび》は『ループ中の虐《しいた》げられ令嬢《れいじょう》だった私、今世は最強聖女なうえに溺愛《できあい》モードみたいです』をお手に取ってくださりありがとうございます。

本作はWEBに投稿《とうこう》していたお話を書籍《しょせき》化していただいたものです。

読むのは好きだけど一度も書いたことがなかったループもの！　連載《れんさい》中はたくさんの方にお読みいただけて、とてもありがたく思い出深い作品の一つとなりました。応援《おうえん》してくださった皆様《みなさま》、本当にありがとうございます。

このお話の主人公・セレスティアは、聖女ながらも少し俗《ぞく》っぽいところがある女の子です。過去のループでいろいろな経験をしすぎた結果こんな性格になってしまったようですが、その分、人としての強さや優《やさ》しさがパワーアップしているところが好きでした。

そんなセレスティアをたじとさせる押しが強めのヒーローがトラヴィス！　死にたくないセレスティアと、運命の相手に惹《ひ》かれて止まれないトラヴィスのやり取りを楽しんでいただけていたらいいな、と思います。

美麗《びれい》なイラストを描《か》いてくださったのはwoonak《ウナック》先生です。キャラクターラフから本当にずっともう神で、奇声《きせい》しか出ませんでした。とにかくかわいいセレスティアと格好よすぎるトラヴィスを生み出してくださり、ただただ感謝の気持ちでいっぱいです。

また、本作はページ数の関係でWEB版からぎゅっとまとめての書籍化となりました。「ちゃんと入りきる……？」と半泣きでの改稿《かいこう》でしたが、何とか収まってよかったです。お付き合いくださった担当編集様、本当にありがとうございました。

最後になりましたが、本作の出版に際しご尽力《じんりょく》くださった全《すべ》ての皆様に感謝を申し上げます。素敵《すてき》な一冊の本になりとても幸せです。

このお話が皆様に少しでも楽しい時間をお届けできていたら、何よりもうれしいです。

またいつかどこかでお会いできることを願って。

一分咲

「ループ中の虐げられ令嬢だった私、
今世は最強聖女なうえに溺愛モードみたいです」の感想をお寄せください。
おたよりのあて先
〒102-8177　東京都千代田区富士見2-13-3
株式会社KADOKAWA　角川ビーンズ文庫編集部気付
「一分　咲」先生・「woonak」先生
また、編集部へのご意見ご希望は、同じ住所で「ビーンズ文庫編集部」
までお寄せください。

ループ中《ちゅう》の虐《しいた》げられ令嬢《れいじょう》だった私《わたし》、今世《こんせ》は最強《さいきょう》聖女《せいじょ》なうえに溺愛《できあい》モードみたいです

一分《いちぶ》　咲《さき》

角川ビーンズ文庫　23141

令和4年6月1日　初版発行

発行者———青柳昌行
発　行———株式会社KADOKAWA
〒102-8177　東京都千代田区富士見2-13-3
電話 0570-002-301（ナビダイヤル）
印刷所———株式会社暁印刷
製本所———本間製本株式会社
装幀者———micro fish

●お問い合わせ
https://www.kadokawa.co.jp/（「お問い合わせ」へお進みください）
※内容によっては、お答えできない場合があります。
※サポートは日本国内のみとさせていただきます。
※Japanese text only

ISBN978-4-04-112520-5C0193 定価はカバーに表示してあります。

角川ビーンズ小説大賞
原稿募集中！
君の〝物語〟がここから始まる！
角川ビーンズ小説大賞がパワーアップ！
https://beans.kadokawa.co.jp
詳細は公式サイトでチェック!!!
【一般部門】&【WEBテーマ部門】
賞金 大賞 100万円
優秀賞 30万円
他副賞
締切 3月31日
発表 9月発表(予定)
イラスト／紫　真依